KB073973

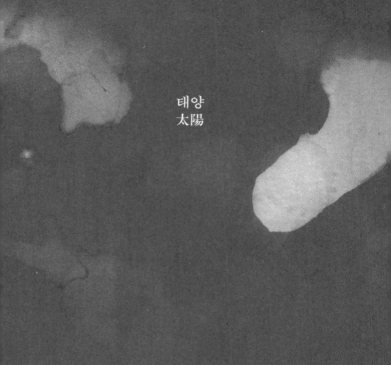

태양
太陽

태양
太陽

마에카와 도모히로

이홍이 옮김
김현정 그림

〈태양〉은 두산아트센터와 경기아트센터의 공동제작으로
10월 5일~10월 23일 두산아트센터 스페이스111에서 공연된다.
한국 초연의 창작진 및 출연 배우는 다음과 같다.

작	마에카와 도모히로
번역	이홍이
연출	김정
무대디자인	남경식
조명디자인	신동선
의상디자인	김우성
분장디자인	백지영
음악	채석진
사운드디자인	지미셰르
움직임	이재영
무대감독	이뜩수
홍보·티켓	박서우
일러스트레이터	김윤경
사진	유경오
조연출	박정호 김신혜
제작프로듀서	조하나
기획·제작	두산아트센터 경기아트센터 경기도극단

캐스트

이쿠타 유	이애린
오쿠데라 데쓰히코	김하람
모리시게 후지타	김정화
이쿠타 소이치	서창호
오쿠데라 준코	임미정
소가 세이지	윤재웅
소가 레이코	이슬비
가네다 요지	권정훈
오쿠데라 가쓰야	김도완

차례

등장인물

이쿠타 유	소이치의 딸. 20세.
오쿠데라 데쓰히코	준코의 아들. 18세.
모리시게 후지타	녹스. 파수꾼. 23세.
이쿠타 소이치	유의 아버지. 50세.
오쿠데라 준코	데쓰히코의 엄마. 가쓰야의 누나. 40세.
소가 세이지	녹스. 레이코의 남편. 관청 직원. 55세.
소가 레이코	녹스. 유의 엄마. 47세.
가네다 요지	녹스. 의사. 소이치와 같은 고향 사람으로 레이코의 친구. 50세.
오쿠데라 가쓰야	준코의 남동생. 사건을 일으키고 실종. 37세.

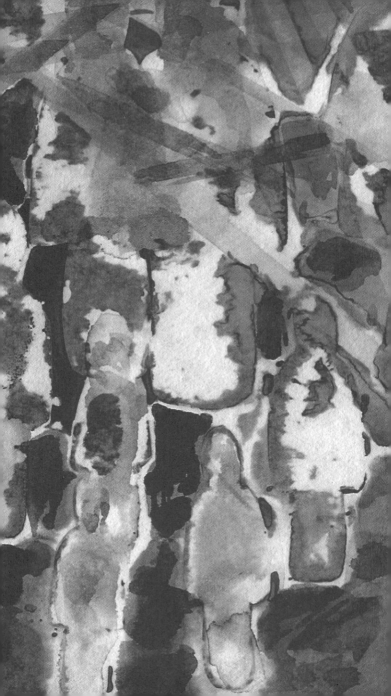

인트로

21세기 초, 바이오 테러로 인해 전 세계에 바이러스가 퍼진다. 인구는 격감하고 정치·경제는 혼돈에 빠져 모든 사회기반이 파괴된다. 그로부터 몇 년 후, 바이러스 감염자 중 기적적으로 병이 나은 사람들이 있다는 사실이 알려진다. 그들은 면역력이나 대사 기능이 인간의 몸을 월등히 초월한 존재로 변이된 상태다. 젊고 건강한 신체를 오랜 기간 유지할 수 있게 된 것이다. 하지만 자외선에는 약해 햇빛 아래에서는 활동할 수 없다는 치명적 결함을 가지고 있다. 그들은 이것이 진화의 과도기라 주장한다. 그리고 자신들을 가리켜 '호모 사피엔스(지혜로운 인간)'가 아닌 '호모 녹센시스(밤의 인간)'라 칭하고, 스스로 '녹스'라 부른다.

이 변이는 뇌와 정신적인 면에서도 작용하여, 그들은 대체로 두뇌 회전이 빠르고 진보적인 가치관을 선택한다. 한편 녹스로 체질을 바꾸는 방법이 연구되는데, 신체 나이 30세 이하에게만 그 방법이 유효하다는 사실도 함께 밝혀진다. 정치적인 혼란이 계속되는 가운데 녹스의 인구는 점차 늘어난다. 처음에는 녹스가 탄압 대상이었지만 차츰 젊은 사람들이 밤의 세계로 몰려들었고, 누구도 이를 막을 수 없게 된 것이다. 서서히 정치·경제의 중심이 녹스 쪽으로 옮겨가고, 결국 인구 비율이 역전된다.

녹스가 등장한 지 40년 후. 평범한 인류는 30% 정도 남게 되고, 녹스 사회에 의존해 그들과 공존하고 있다. 한때 일본이라 불리던 섬은 녹스 자치구가 곳곳에 들어서 평화로운 연합체를 구축한 상태다. 도시에 사는 녹스와 달리, 평범한 인류는 시코쿠 지역을 할당받아 대부분 이주했으나 아직 고향을 떠나지 못한 채 작은 집락을 이루어 사는 사람들도 있다.

녹스 살해사건이 일어난 집락 촌(나가노 8구)은 바로 옆에 있는 녹스 자치구로부터 경제봉쇄를 당해왔다. 마을 사람들 대부분이 삶의 터전을 떠났고, 이제 남은 사람은 20명 남짓이다. 10년이나 이어진 따돌림과도 같은 봉쇄조치가 끝이 나자, 이곳에서는 다시 녹스와의 교류가 시작된다.

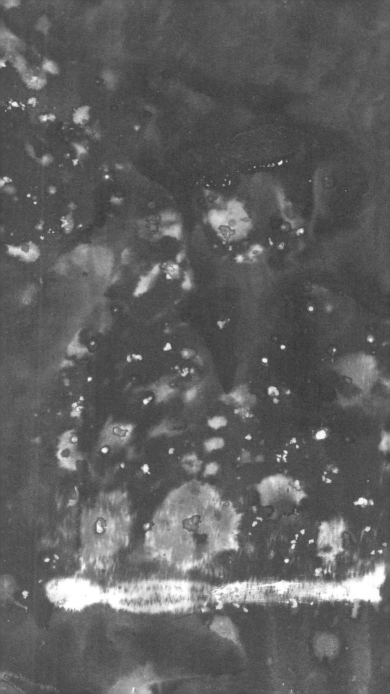

1장

10년 전. 산속 농촌. 나가노 8구. 넓은 농업용 작업실. 이른 아침. 머리에 자루가 씌워져 있는 한 남자가 티셔츠에 속옷, 양말 차림으로 손발이 묶인 채 바닥에 누워 있다. 그를 지켜보고 있는 오쿠데라 가쓰야.

남자는 한기에 몸을 떨며 꿈틀거린다. 가쓰야는 손목시계를 본다. 어렴풋이 바깥이 밝아지고 있는 것이 느껴진다. 남자는 겁에 질리기 시작한다.

해가 뜬다. 창문으로 들어오는 햇빛이 조금씩 조금씩 남자를 엄습해온다. 빛이 남자의 발끝에 닿자 남자는 아파하며 발을 움츠리더니 겁을 먹고 어쩔 줄 몰라 한다. 남자는 살려달라고 애원하지만, 가쓰야는 듣는 척도 하지 않는다. 남자는 도망치려고 발버둥치지만, 곧 포기하고 얌전해진다. 햇빛이 그의 몸을 감싼다. 남자는 몸이 타 죽는다.

시간이 흐른다.

같은 장소. 오쿠데라 준코가 등장한다. 시체 옆에는 가쓰야가 멍하니 있다. 준코는 햇빛에 타버린 시체를 내려다본다.

가쓰야　　누나, 누나 그게….

준코　　　누구야?

가쓰야　　…그놈이야.

준코　　　왜 그랬어? 사이좋았잖아. 왜 이런 짓을…. 어떡해, 어떻게 하면 좋아, 너 이런 짓은 절대, 절대로 해선 안 되는 짓이야.

시간이 흐른다.

같은 장소. 이쿠타 소이치가 온다. 소이치와 준코는 시체를 담요로 싸 밧줄로 묶는다. 가쓰야는 그저 그 둘을 보고 있다. 두 사람이 시체를 끌고 나가려고 하는데, 멀리서 이쿠타 유의 목소리가 들린다.

유　　　　아빠? 아빠아.

소이치　　오지 마. 유, 여기 오면 안 돼. 집에 가 있어. 알았지? 금방 갈게.

유　　　　그럼 아침 차려놓을게요.

소이치　　어어, 그래 줄래?

유　　　　네.

소이치, 시체를 들고 간다.

시간이 흐른다.

오쿠데라의 집. 가쓰야가 있는 방으로 준코가 들어온다.

가쓰야   누구야?

준코   저쪽 경찰. 너랑 할 얘기가 있대.

가쓰야   어? 할 얘기는 무슨, 싫어!

준코   일단 너 없다고 하고 돌려보냈어. 밤 11시에 다시
            오겠대. 그때까진 말을 맞춰야 해.

가쓰야   오오, 알리바이?

준코   네가 직접 말해, 정신 똑바로 차려.

가쓰야   어어, 괜찮아. 걱정 마.

시간이 흐른다.

같은 장소. 소이치가 온다.

소이치   시체가 발견됐어. 햇빛에 탄 시체라는 건 보면 금
            방 알아. 일이 커질 거야. 가쓰야, 자수해.

가쓰야   어? 뭐?

소이치   우리 마을 전체가 위험해져.

가쓰야   자수하면 저놈들은 분명히 날 죽일 거야.

소이치   지금 자수하면 어떻게 해볼 수 있어, 자수해줘.

가쓰야   안 들켜.

소이치 네가 안 들켜도, 마을 전체 책임이 된다고. 저쪽 동네에서 일 터지면 열에 아홉은 우리 동네 사람이 범인이야, 이번엔 그냥 안 넘어갈 거야.

가쓰야 시체 숨기자고 누나가 그랬잖아, 내가 부탁했어? 누나도 공범이야.

소이치는 가쓰야의 팔을 붙잡고 끌고 나가려 한다. 가쓰야는 저항한다.

가쓰야 이거 놔! 싫다니까! 저리 가!

가쓰야, 소이치를 뿌리친다.

준코 저기, 잠깐 자리 좀 비켜주실래요?

소이치, 방을 나간다. 준코는 가쓰야의 손을 잡는다.

준코 가쓰야, 제발.

가쓰야 날 버리겠다는 거야?

가쓰야, 방에서 나간다. 준코는 그를 쫓아가지 않는다.
시간이 흐른다.
같은 장소. 소이치가 온다. 다른 공간에서 가쓰야는 가방을 들

16

고 도망친다.

소이치　　가쓰야는? 어디 갔어요? 준코 씨.

준코　　　….

소이치　　밖에서 경찰이 기다려요. 녹스 놈들, 자수하면 심
　　　　　　한 처벌은 안 받게 해주겠대요.

준코　　　근데, 없어졌어요.

소이치　　준코 씨가 빼돌린 거예요?

준코　　　…경찰한텐 내가 말할게요.

시간이 흐른다.

오쿠데라의 집. 밖에서 누군가 던진 돌에 창문이 깨지며 분노
에 찬 고함이 들린다. 계속 돌이 날아들고, 고함이 더 커진다.
타닥타닥 나무 타는 소리가 들리더니, 집이 불타기 시작한다.

소이치　　어어! 나와! 밖으로 나와! 그놈들이 불을 질렀
　　　　　　어!

소음과 고함 속에서 소이치와 준코는 불길에 휩싸인다. 암전.

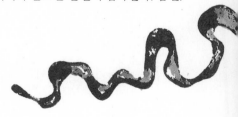

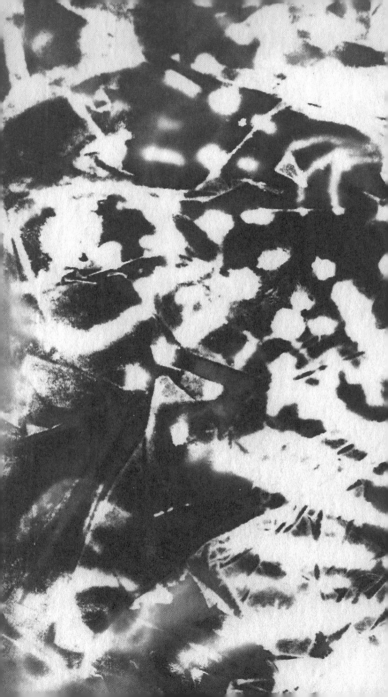

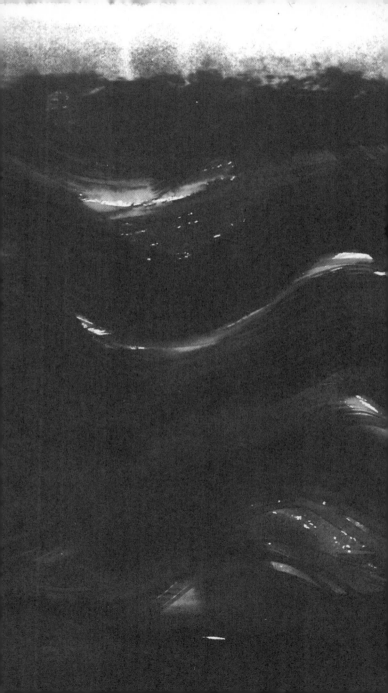

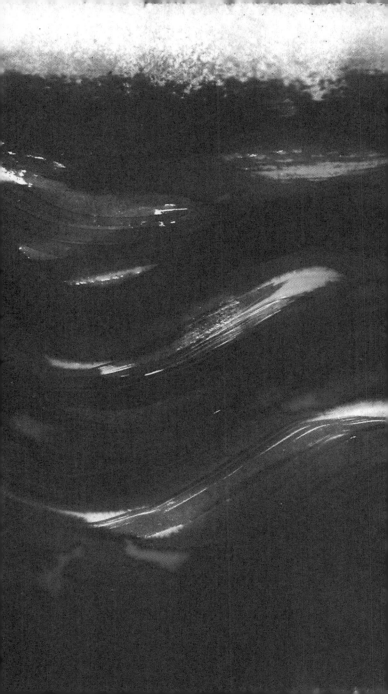

2장

1장으로부터 10년이 지난 현재. 밤.

나가노 8구에 인접한 녹스 자치구, 신도시 마쓰모토와 경계를 이루는 하천. 그곳에 있는 다리 옆에는 검문소 역할을 하는 작은 건물이 있고, 그 앞은 광장이다.

준코와 소가 세이지가 마주 보고 서 있다. 세이지 옆에는 모리시게 후지타가 있다.

세이지	뭐, 법률이란 게 남아 있었으면, 그거 뭐죠, 그거? 시효. 맞다, 시효죠, 시효.
준코	왜 이제 와서….
세이지	유가족이 그렇길 원하세요. 그분들도 이 이상 더 바라는 것도 없다고 하시고, 일단 너무 지치신 거죠, 이런 상황에. 분노라는 감정이 원래 그렇게 오래 못 가요. 그런 감정 품고 있어봐야 좋을 게

없잖아요, 사는 데. 앞을 보고 살아야죠. 10년이 지났어요. 10년 걸렸다고 해야 하나, 유가족 입장 에서는.

준코　　정말 죄송합니다.

세이지　　모든 서류 절차는 이제부터 해야 하는데, 음… 오 늘부로 신도시 마쓰모토와 나가노 8구의 관계는 정상화되고, 교역도 재개됩니다.

세이지는 A4 크기의 봉투를 준코에게 건넨다. 준코는 봉투 안 을 들여다본다.

준코　　이건, 저… 뭘 보장한다는 거예요?

세이지　　읽어보면 아실 거예요. 그냥 10년 전, 그때 관계 로 돌아간다는 말이에요. 서로 상황이 많이 달라 졌지만.

준코　　그렇죠.

세이지　　지금 인구가 어느 정도 되죠?

준코　　겨우 야구는 할 수 있을 정도예요.

세이지　　그럼 아홉 명? 열여덟 명?

준코　　팀이 하나면 야구를 못하죠.

세이지　　그렇겠네. 갑갑하네요. 야구하기도 힘들 정도 라… 야구, 좋아하세요?

준코　　아니요.

세이지   저는 되게 좋아하거든요. 그런데 인구가 그렇게 줄었어요? 원래는 어느 정도였죠?

준코   삼백 명 정도였나 그래요.

세이지   다들 시코쿠로 가셨나?

준코   잘 모르겠어요.

세이지   음. 제일 가까운 데는 여기서 북쪽으로 한 80킬로 가면 니가타 초입에 인구 천 명쯤 되는 마을이 있어요. 아세요?

준코   네.

세이지   제가 제안 하나 할게요. 지금 정도 인구면 사실 다 같이 거기로 옮겨야 돼요.

준코   저희 반 이상이 일흔 넘은 어르신들이에요. 못 옮겨요.

세이지   이런 데서 잘도 참고 사시네요.

준코   여기가 좋으니까요.

세이지   그래요? 알았어요. 한 명이라도 남아 계시면, 저희는 지원해드릴 거니까요. 당연한 거죠. 부담스러워하실 거 없어요. 지금 생필품 상태는 어때요?

준코   물은 있어요.

세이지   전기도 쓰세요. 자, 다시 문명사회로 돌아가야죠. 우선은 생필품 지원해드려야겠네요. 다음 주부터는 버스도 다닐 거니까, 밤의 마을에서 쇼핑도 할

24

	수 있어요.
준코	네.
세이지	실은 아까 차로 한 바퀴 돌고 왔어요. 10년 경제 봉쇄로 이렇게까지 될 줄이야…. 깜짝 놀랐어요. 쇄국 상태라도 그런대로 굴러갈 줄 알았거든요. 어떻게 이 꼴을 만들어 놔, 애향심도 없나 봐요? 하긴 뭐, 나가노 8구는 원래부터 말이 많았어요. 마쓰모토에서 사고 친 큐리오를 잡아놓고 보면, 대부분 이 동네 사람이었대요. 실제로 이 동네 망한 덕분에 우리 동네 범죄율이 낮아졌다니까요. 이왕 다시 시작하는 거, 이젠 좋은 동네로 만들어주세요.
준코	네.
세이지	뭐 질문 없어요?
준코	병원을 가고 싶은데, 보험은….
세이지	구청 보험과에 가보세요. 창구는 일몰부터 일출 한 시간 전까지 여니까 시간 미리 확인하시고요.
준코	네.
세이지	요즘은 당신들 진료 보는 의사도 줄었으니까. 왕진 제도도 부활시켜드릴게요. 그게 더 편할 수도 있겠네요. 일주일에 한 번밖에 안 될 거예요.
준코	아….
세이지	문제는 노화잖아요.

준코   아, 그렇죠.

세이지   갑갑하네요. 영영 교류 끊고 살았으면 어쩌려고
했어요? 가만히 있으면 저절로 해결될 줄 알았어
요? 시효를 기다릴 게 아니라, 스스로 움직일 생
각을 하셨어야죠. 마을을 다시 살리고 싶으면 그
런 기본적인 것부터 바꾸셔야 해요. 자립할 마음
만 있으면, 저희는 지원해드리는 거 하나도 안 아
까워요. 그런데 그럴 마음이 없으면 아무리 시간
이 흘러도 대등한 관계는 못 돼요. 우린 당신들
응원해주고 싶거든요. 그러니까 열심히 노력하
세요.

준코는 고개를 끄덕인다.

세이지   음… 사람이 말을 하면 대답을 해야죠. 열심히 노
력할 거죠?

준코   ….

세이지   자, 대답하라고요.

준코   네?

세이지   열심히 노력하겠다고.

준코   아, 열심히 노력할게요.

세이지   기운을 더 내셔야지. 다시 시작하는 거잖아요.
말이 사람한테 힘을 준단 말이에요. 자, 다시 한

26

번…. 저는 지금 입으로 약속을 받아내겠다는 게 아니라, 당신의 의지가 보고 싶은 거예요. 자, 다시 해봐요.

준코 열심히 노력할게요!

세이지 좋아요. 그럼, 이제 기념촬영만 하면 되나? (모리시게에게) 카메라 좀.

모리시게는 사진 찍을 준비를 한다.

세이지 준코 씨, 같이 사진 찍어주실래요? 홍보지에 실으려고요.

준코 아, 네.

세이지 (모리시게에게) 한 방에 끝내, 나 힘들어.

세이지는 오른손을 준코에게 내민다.

준코 네?

세이지 악수.

준코 아아, 네.

세이지, 준코의 손을 잡자 허리를 숙이고 얼굴 가득 미소를 지으며 카메라를 본다.

세이지   찍어.

모리시게   네, 찍습니다.

카메라의 플래시가 번쩍 빛난다. 세이지는 빛에 반응해 두통
을 느낀다.

세이지   어어어… 왔어, 왔어.

세이지는 괴로운 듯 머리를 누르고, 목을 돌려본다.

모리시게   그렇게 심해요?

세이지   빙수 열 그릇을 한입에 쑤셔 넣은 느낌이야. 아
           맞다, 언제 친선경기라도 하죠?

준코   네?

세이지   야구. 당연히 나이트게임으로. 우리 직원들끼리
           팀을 만들었거든요.

준코   아아. (쓴웃음)

세이지   그럼 가볼게요. 앞으로 잘 부탁해요. 주민들 명단
           은 되도록 빨리 제출하시고요. 아, 그리고 내일부
           터 밤에는 이 친구가 근무 설 거예요.

모리시게   모리시게라고 합니다. 잘 부탁드립니다.

세이지   그럼.

세이지와 모리시게, 퇴장한다.

준코   야구는 무슨 얼어 죽을 야구야.

준코는 손수건을 꺼내 손을 꼼꼼하게 닦는다.

3장

나가노 8구. 낮.
오쿠데라의 집과 바로 이웃인 이쿠타의 집을 이어주는 마당.
준코와 데쓰히코, 소이치와 유가 있다.

데쓰히코 학교엔 갈 수 있어?

준코 학교? 글쎄, 그건 시간이 걸릴 수도 있어. 그래도 앞으론 저쪽 동네 가서 교과서는 살 수 있겠지.

데쓰히코 책은 됐어. 학교에 가고 싶단 말이야.

준코 학교는 공부하는 곳이야.

유 준코 아줌마, 계속 여기서 사실 거예요? 이제 됐단 거잖아요. 해방된 거니까.

준코 해방….

유 책임질 거 다 진 거잖아요. 여기 더 남아 계실 필요는 없다고 봐요.

소이치	여기 안 살면 어디로 가?
유	시코쿠.
소이치	또 그 소리야?
유	시코쿠는 녹스에 뒤지지 않을 만큼 동네가 발전 했다잖아요. 큰 병원도 있고, 대학도 있고. 발전 소도 생겨서 이제 완전히 자립했대요.
소이치	누가 그래?
유	사람들이.
소이치	사람? 진짜 사람 맞아? 그놈들은 우릴 다 시코쿠 에 다 처박아놓고 싶은 거야.
유	시코쿠에 가고 싶어요.
소이치	너, 거기가 얼마나 먼진 알아? 한참 떨어진 곳이 야. 여기서 살면 돼. 사람들도 분명히 다시 돌아 올 거야.
유	아빠 제정신이에요? 누가 미쳤다고 여기로 와요?
소이치	안 와도 상관없어. 밭이고 과수원이고, 정식으로 우리 땅으로 해놓으면 돼. 과일이 얼마나 잘 팔린 다고. 녹스 놈들 과일 엄청 좋아하잖아, 벌레 같 은 놈들.
준코	그런 말 하지 마요.
소이치	(웃으며) 농담도 못하나.
준코	유, 나는 말이야, 여기에 남아 있는 이유가 있어. (자료를 보고 있는 데쓰히코에게) 데쓰히코, 너

도 잘 들어. 10년 만에 추첨제도가 부활한대.

데쓰히코   …추첨? 그럼 녹스가 될 수 있다는 거야?

소이치   1년에 한 번. 서른이 안 된 사람 중 단 1%만 '밤의
인간'이 될 권리를 얻게 돼. 원래는 100명 중 한
명꼴로 뽑히는 확률이었지. 이제는, 우리 마을에
30세 미만은 다섯 명밖에 없어. 그중에 둘이 너희
들이고.

데쓰히코   …어? 그러면.

소이치   (웃으며) 뽑힐 확률이 엄청나게 높은 거지.

준코   여기서 계속 산 보람이 있네.

데쓰히코   (웃으며) 오오, 진짜? 신난다, 오오.

준코   10년 동안 잘 참고 살았다고 보상받는 거 같아.

유   밤의 인간이 될지 말지, 난 아직 못 정했어요.

소이치   앞으론 저놈들이랑 마주칠 일도 많아질 거야. 감
염되면 끝이야.

유   쟤들한테 기대지 않고 살면 되잖아요.

소이치   현실적으로 그렇게 안 돼.

유   시코쿠는 했어요.

소이치   그렇게 간단한 게 아니야. 추첨 신청해놓을 테니
까 그런 줄 알아.

유   아빠.

소이치   당첨되면 백신을 받을 수 있어. 최악의 경우 감염
되더라도 항체가 생기면 밤의 인간이 되는 거야.

죽는 것보다는 낫지.

준코   요즘 큰 마을은 거의 다 밤의 마을이 됐어. 사는
것도 더 편해질 거야…. (데쓰히코가 들고 있는
자료를 가리키며) 한번 잘 읽어봐.

데쓰히코   근데 이거 무슨 말인지 잘 모르겠어.

준코   너도 참.

소이치   유, 네가 좀 읽어줘.

준코   미안해.

유   아니에요. (데쓰히코 손에서 자료를 집어 든다)

준코   잘 배워.

데쓰히코   알았어.

준코   그거 나중에 회람판이랑 같이 사람들 돌려볼 거
니까 깨끗하게 봐.

유   네.

유는 데쓰히코가 보던 자료를 들고 퇴장한다. 데쓰히코, 쫓아
나간다.

준코   유 친모는 저쪽 동네에 있죠?

소이치   아, 네. 아마.

준코   어쩔 거예요?

소이치   뭐가요?

준코   몰라서 물어요?

소이치	준코 씨는 앞으로 어쩔 건데?
준코	글쎄, 어떡할까. 말만 해방이지, 마을이 이 지경인데. (웃으며) 10년이에요. 그새 데쓰히코도 다 컸네요.
소이치	나도 이젠 더 집착할 필요 없을 거 같아요.
준코	소이치 씨야말로 더 살기 좋은 곳으로 가세요.
소이치	…난 안 가요.

준코는 퇴장하고, 소이치는 그대로 무대에 남는다.
밤이 되고, 검문소로 모리시게가 오더니 근무 준비를 시작한다.

4장

검문소. 밤. 모리시게는 경비 봉을 들고 서 있다. 가네다 요지
가 다리를 건너온다.

가네다   안녕하세요.

모리시게   안녕하세요. 음….

가네다   저는 여기 나가노 8구 담당 왕진 의산데….

모리시게   가네다 요지 선생님이시죠?

가네다   정답.

모리시게   얘기 들었습니다. 가시면 됩니다.

가네다   네, 안 그래도 가고 있어요.

모리시게   차, 시스타 맞죠?

가네다   엔진 소리만 듣고 안 거예요?

모리시게   그 차 참 좋죠? 완전 암실이라면서요. 낮에도 운
              전하세요?

가네다　　네. 근데 메인 카메라가 고장 나면 아무것도 안
　　　　　　보여요. 저승 가기 딱 좋지. 불볕더위에 세 시간
　　　　　　있으면 차 안 온도가 50도를 넘거든. 큐리오였으
　　　　　　면 벌써 여섯 번은 죽었을 거예요. 리콜해야 돼요.
모리시게　누가 그런 적이 있대요?
가네다　　내가 겪은 일이에요. 이제 일하시죠, 수고해요.
모리시게　오늘 일출 시각은 5시 31분입니다.
가네다　　정답.

가네다 요지는 얼마 안 가 소이치를 마주친다. 모리시게가 있
는 곳과는 다른 공간이다. 소이치와 가네다는 서로의 모습을
보고 놀란다.

소이치　　가네다?
가네다　　이쿠타 소이치?

가네다는 소이치를 얼싸안을 기세로 다가오지만, 소이치는 도
망치듯 거리를 둔다.

가네다　　…많이 지쳐 보여.
소이치　　나이를 먹었으니까.
가네다　　아아, 이게 노화구나. 꼭 다른 사람 같아. 머리도
　　　　　　멋있게 길렀네.

소이치	머리는 옛날 그대로야.
가네다	맞아, 그렇구나. 7년 전에 편지 보냈었는데, 답장이 없더라고. 그때 그 사건 때문에, 난 이 마을이 지도상에서 사라진 줄 알았어. 아무튼, 이렇게 만나서 정말 반가워.

가네다는 포옹하려고 다시 소이치에게 다가가지만, 소이치는 또 피한다. 가네다는 다음의 대사를 말하며 마스크와 장갑을 낀다.

가네다	뭣 하러 왔는지 궁금하지? 그래, 알려줄게. 난 왕진 의사로서 온 거야. 내가 자원했거든. 고향을 위해서 힘을 보태고 싶기도 했고, 옛 친구들을 볼 수도 있겠다 싶더라고. 정말 제일 보고 싶었던 친구를 제일 먼저 만나네. 잘 지내느냐고 물어보려고 했는데, 막상 달라진 네 모습을 보니까 지쳐 보인다는 말밖에 안 나왔어.
소이치	참 말 많네.
가네다	이제라도 물어봐야지, 잘 지내?

가네다는 악수하려고 손을 내민다.

가네다	장갑 껐잖아.

37

소이치가 조금씩 다가오자, 가네다는 단숨에 거리를 좁혀 끌어안는다. 소이치는 당황해하며 가네다를 밀친다.

가네다 전염 안 돼.

소이치 나는 나이도 있어서 감염되면 바로 죽어.

가네다 (옷에 붙은 먼지를 떼며) 바이러스를 그렇게 무서워하면서 뭔 잡균들을 그렇게 달고 다녀.

소이치 시끄러워, 뭣 하러 왔어?

가네다 말했잖아. 옷 좀 새로 해 입어. 몇 년 입은 거야? 방금 너 안는데 꼭 큰 누더기 뒤집어쓰는 기분이었어. 사는 게 많이 힘들어? 하긴 그렇겠지. 그런데 왜 이런 데서 계속 살아? 난 네가 얼마나 뛰어난 사람인지 알아. 뭣 하러 이런 데서 10년이나 시간을 낭비했어? 아니, 마을이 이 지경까지 되는데 보고만 있었어? 솔직히 너 보는 순간 이런 생각이 확 들면서, 좀 실망했어. 당연히 너한테도 말 못할 사정이 있었겠지. 널 비난하려는 게 아니야. 근데, 여긴 내 고향이기도 해.

소이치 …가. 의사 바꿔달라고 할게.

가네다 왜? 내가 이렇게 걱정하는데.

소이치 너 우리 무시하려고 온 거야?

가네다 뭐야. 왜 그런 소릴 해?

소이치 가네다, 너 옛날 그대로인 거 보니까 진짜 놀라워. 그런데, 나도 네가 낯선 사람처럼 느껴져.

가네다 …그래? 응. 내가 말을 잘못했는지도 모르겠네. 방금 한 말은 취소할게. 근데 어떤 부분이 불쾌했어? 아니, 그건 됐고. 오늘은 인사하러 온 거야. 너 오쿠데라 준코 씨 알아?

소이치 가라니까.

가네다 난 왕진 의사로서 온 거야. 네가 어떻게 생각하든, 난 내 일 할 거야. 내가 지금 낮의 인간 전문의 거든. 안심해. 난 이 마을에 도움이 될 거야. 내가 노화에 관심이 많아. 너흰 정말 너무 흥미로워.

소이치 너도 원랜 우리랑 똑같았어. 말을 왜 그렇게 해. 입조심해!

소이치는 가네다를 두고 퇴장한다. 가네다는 할 수 없이 혼자서 마을로 들어간다.

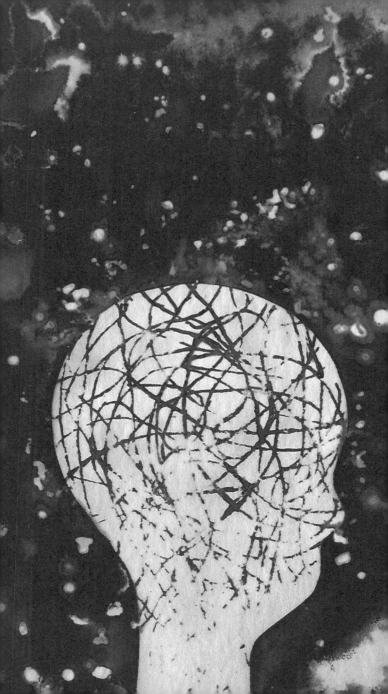

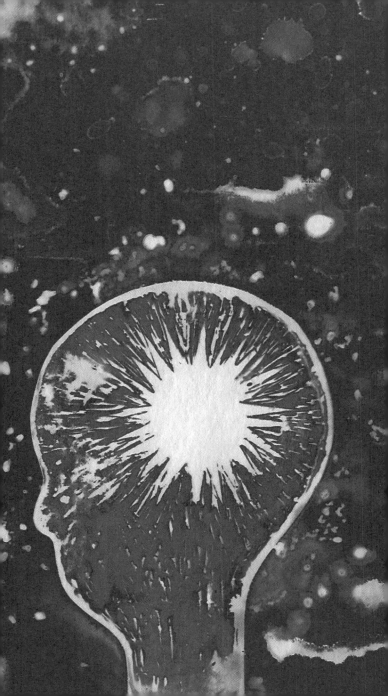

5장

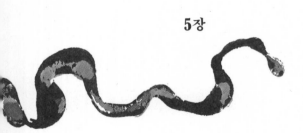

검문소 앞. 모리시게는 의자에 앉아 잡지를 보고 있다. 그곳으로 손전등을 손에 든 데쓰히코가 다가온다. 그는 멈춰 서더니 모리시게의 모습을 살핀다.

모리시게는 데쓰히코의 기미를 느끼고 그쪽을 흘끗 본다. 그리고 곧 다시 잡지로 시선을 돌린다.

데쓰히코, 한 발 한 발 다가간다. 모리시게가 그를 보면, 데쓰히코는 발을 멈춘다. 이것이 몇 번 반복된다.

모리시게   왜요, 왜!

데쓰히코   으으….

모리시게   쇼핑이에요? 신청서 냈어요? 이름이 뭔데요? 오늘 리스트 넘어온 거 없으니까 아닌 거 같은데. 저기요, 여기 그냥 막 지나가는 데 아니에요. 허가 못해준다고요. 멋대로 들어갔다가 된통 당해도 난 몰라요. …왜 말을 안 해!

데쓰히코는 가방에 손을 넣어 무언가를 꺼내려고 한다. 모리
시게는 경비 봉을 들고 방어 자세를 취한다.

모리시게   야. 뭐야, 하지 마…. 뭐 꺼내려고? 대답 안 해? …
               뭐야, 너, 말 못해? 너 말 못하면, 아, 귀가 안 들리
               면 내가 말해봤자인가? 움직이지 마!
데쓰히코   …나, 말할 줄 알아.
모리시게   어어, 말하네, 다행이다. 알아먹었으면 내 말 들
               어. 알았지? 그 가방은 뭐야? 땅에 내려놔.

데쓰히코, 가방 안에서 무언가를 꺼낸다.

모리시게   야! (데쓰히코 손에 들린 투명한 비닐봉지 속 갈
               색 잎을 보며) 그게 뭐야?
데쓰히코   담배.
모리시게   담배?
데쓰히코   담배.
모리시게   대마초?
데쓰히코   아니야. 맛있는 담배야.
모리시게   난 담배 안 피워. 도로 넣어.
데쓰히코   그럼, 이건 어때?

43

데쓰히코는 비닐봉지를 또 하나 꺼낸다. 비슷한 이파리가 들어 있다.

모리시게   (그것을 보고) 담배 안 피운다니까.

데쓰히코   이건 찻잎이야.

모리시게   찻잎?

데쓰히코   직접 키운 최고급 찻잎이야. 100% 새싹들만 있어, FOP라고 들어봤어? 플라워리 오렌지 페코. 당연히 무농약 유기농.

모리시게   그게 전부 FOP라고?

데쓰히코   응. 갖고 싶지?

모리시게   응.

데쓰히코   주면 뭐 할 거야?

모리시게   아아, 지금 당장 뜨거운 물에 우려먹고 싶어.

데쓰히코   그건 네가 직접 해.

모리시게   응? 그럼…?

데쓰히코   자, 가져.

데쓰히코는 찻잎이 든 비닐봉지를 모리시게에게 던진다. 모리시게, 그걸 받는다.

모리시게   오오, 열지도 않았는데 향기가 나.

데쓰히코는 모리시게의 움직임을 살핀다. 모리시게는 찻잎의
향을 만끽한다.

데쓰히코　어때?

모리시게　향이 좋아.

데쓰히코　물 끓일 건 있어? 마셔 봐.

모리시게　지금 당장 마시고 싶은데 자리를 비울 수 없어.
　　　　　　집에 가서 제대로 마셔야지, 그래도 돼?

데쓰히코　맘대로 해.

모리시게는 데쓰히코의 움직임을 살핀다.

모리시게　만약에 내가 찻잎에 정신이 팔려 있는 동안 여길
　　　　　　지나려고 했던 거면 날 너무 쉽게 본 거야. 네가
　　　　　　벌거벗은 여자였어도 난 여기서 움직이지 않을
　　　　　　거야.

데쓰히코　난 여자도 아니고, 옷도 다 입었어.

모리시게　그래. 아무튼, 난 여길 절대 안 떠난다고. 시도는
　　　　　　좋았어, 그만 가봐.

데쓰히코　안 가.

모리시게　홍차 맛 평가를 듣고 싶으면 내일 다시 와. 미리
　　　　　　말해두겠는데, 네가 한 말이 진짜면 이 홍차는 맛
　　　　　　볼 것도 없어. 당연히 맛있겠지.

데쓰히코는 줄곧 모리시게에게서 거리를 두고 있다. 이야기하다가 자기도 모르게 가까이 가면, 곧 뒷걸음질친다.

모리시게 뭐 또 할 말 있어?

데쓰히코 넌 나 안 때릴 거야?

모리시게 왜 때려? 맛있는 홍차도 받았는데.

데쓰히코 너 전에 있던 놈은 때렸어.

모리시게 왜? 홍차를 싫어하는 사람이었나?

데쓰히코 좋아했던 거 같아.

모리시게 그런데 왜 때려?

데쓰히코 뇌물 줬다고.

모리시게 홍차 주면서 뭘 요구했어?

데쓰히코 아니, 말하기 전에 맞았어.

모리시게 그럼 그건 뇌물이 아니지. 호의를 폭력으로 갚았네. 넌 잘못 없어. 그런데 만약에 나한테 뭔가를 요구할 생각이면, 그래서 찻잎을 준 거였으면, 나도 널 때릴지도 몰라.

데쓰히코 그럼 난 아무 말도 못하겠네.

모리시게 말 못할 내용이면 입 다물고 물러가는 게 좋을 거야. 그래도 찻잎은 돌려주지 않을 거야. 난 한번 받은 건 다시 안 주는 사람이거든. 만약에 돌려달라고 하면, 그건 네가 이걸로 부적절한 요구를 하려고 했다는 걸 인정하는 거야.

46

데쓰히코	부적절한 요구가 뭔데?
모리시게	뇌물을 주려고 했다는 거지. 내 업무에 관련된 거면 그렇단 얘기고, 그런 게 아니면 뇌물은 아니야.
데쓰히코	업무에 관련된 거?
모리시게	예를 들어, 홍차를 줬으니까 성대모사를 해봐라, 그러면 그건 뇌물이 아니라는 거야. 그건 그냥, 부탁이니까.
데쓰히코	성대모사 해봐.
모리시게	싫어! 할지 말지는 내가 정해. 그건 다른 문제야.
데쓰히코	…알았어. 내가 원하는 건 아주 간단해.
모리시게	그래, 말해봐. 맞을 만한 내용이면 때릴 거니까 맞기 전에 도망가.
데쓰히코	…난 난 녹스 친구를 갖고 싶어.
모리시게	친구?
데쓰히코	그게 다야.
모리시게	그게 무슨 말이야, 나랑 친구가 되고 싶다고?
데쓰히코	응, 그게 다야. 때릴 거야?
모리시게	안 때려. 때리면 그건 친구가 아니잖아. …좋아. 친구 하자.
데쓰히코	정말?
모리시게	응, 친구 하자.
데쓰히코	아, 응, 다행이다.
모리시게	어어.

데쓰히코	그럼, 저기, 뭐 할까?
모리시게	어? 아, 난 근무 중이라.
데쓰히코	너 지금 놀고 있었잖아.
모리시게	내가 언제.
데쓰히코	잡지 보고 있었잖아.
모리시게	그건 괜찮아. 여기 있는 게 내 일이거든.
데쓰히코	이렇게 어두운데 글자가 보여?
모리시게	아주 잘 보여.
데쓰히코	너흰 다 그렇게 눈이 좋아?
모리시게	녹스는 야행성이니까.
데쓰히코	아아. 그래서 편해?
모리시게	글쎄. 그냥 그래.
데쓰히코	아아.
모리시게	…별에 등급 있는 거 알아?
데쓰히코	몰라.
모리시게	별의 밝기로 등급을 매긴 건데, 10등급까지 있거든. 너희 큐리오가 맨눈으로 볼 수 있는 건 제일 밝은 1등급부터 4등급까지야. 근데 우린 8등급까지 볼 수 있어. 그러니까 지금 우린 똑같이 하늘을 봐도 실은 전혀 다른 걸 보고 있는 거지. 미안하지만, 내 눈에는 엄청난 광경이 펼쳐져 있어, 하늘에 별빛이 가득해.
데쓰히코	와. 좋겠다.

모리시게   …그거 진심 맞아?

데쓰히코   지금 내가 보는 하늘도 엄청 아름답거든.

모리시게   뭐, 난 태어날 때부터 녹스라 너희 눈엔 어떻게
          보이는지 몰라, 비교도 안 될 것 같긴 하지만.

데쓰히코   만약에 내가 녹스가 되면, 지금 본 하늘보다 더
          아름답다고 느낄까?

모리시게   글쎄. 많이 보인다고 해서 꼭 그게 더 아름다워
          보이는 건 아닌 것 같아. 너희한테는 색깔이 있잖
          아.

데쓰히코   색이 없어?

모리시게   없는 건 아닌데, 너희랑은 다른 거 같아.

데쓰히코   아….

모리시게   큐리오에서 녹스가 된 사람들은 많이 놀라는 거
          같더라. 스펙트럼이 다르거든.

데쓰히코   스펙트럼? 너 똑똑해?

모리시게   아니, 안타깝게도 거의 꼴등이었어.

데쓰히코   녹스에 대한 거나 뭐든 다 가르쳐줘.

모리시게   내가 아는 건 가르쳐줄게.

데쓰히코   고마워.

모리시게   그럼 오늘은 이거 줄게. (읽던 잡지를 내민다)

데쓰히코   그게 뭐야?

모리시게   이리 와. 더.

데쓰히코, 주저한다.

모리시게   괜찮아. 그렇게 쉽게 감염 안 돼.
데쓰히코   정말?
모리시게   그럼. 악수하면 옮는다는 거 다 헛소문이야.
데쓰히코   진짜?
모리시게   지금 시대가 어느 시댄데. 자, 이리 와.

데쓰히코는 잡지를 받아 펼쳐본다.

데쓰히코   어? 우왓, 와, 미치겠다. 이거 포르노 잡지 아냐?
          처음 봤어.
모리시게   (웃으며) 아니야, 그냥 패션잡지야.
데쓰히코   어? 아니야?
모리시게   (웃으며) 아니야.
데쓰히코   그렇구나, 아니구나. 하하.
모리시게   보면 녹스들이 사는 동네도 나와.
데쓰히코   오오.
모리시게   다음엔 야한 걸로 갖고 올게.
데쓰히코   어? 어?
모리시게   크크크…. (웃음)

어느 틈에 유가 와 있다.

유	너 여기서 뭐 해?
데쓰히코	아니, 그냥….
유	이리 와. 위험해.
데쓰히코	아, 응.
모리시게	안 위험해요.
유	감염되면 책임질 거예요?
모리시게	그냥 얘기만 한 거예요. 전염 안 돼요.
유	그거 다시 돌려드려.

데쓰히코는 돌려주지 않는다.

| 유 | 돌려주라고. |

유는 잡지를 빼앗아 땅에 던진다.
유가 데쓰히코를 데리고 퇴장한다. 모리시게는 두 사람을 바라본다. 암전.

51

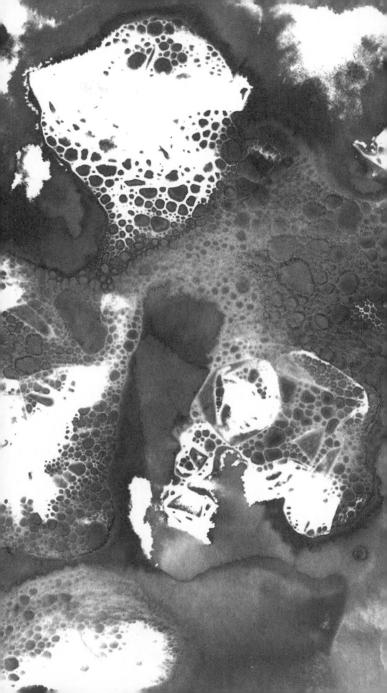

6장

신도시 마쓰모토. 소가의 아파트 거실. 소가 레이코와 가네다
가 있다.

가네다   그랬구나, 안됐네. 세이지 씨랑 해서 임신된 건 몇
          번째야?

레이코   두 번째. 3년 동안.

가네다   으음. 궁합이 잘 맞는다고는 못하겠네.

레이코   그렇다니까. 그래서 이번엔 정말 충격받았어.

가네다   그 사이에 다른 남자랑도 했을 거 아냐.

레이코   당연하지. 그때도 몇 번 임신까진 됐는데, 안 되더
          라고.

가네다   많이 한다고 되는 게 아니구나.

레이코   요즘엔 한참 하다가, '어? 전에 했던 사람인가?'
          서로 막 이런다니까.

가네다	나도 그런 적 있어.
레이코	잘하는 사람이면 그래도 상관없는데, 꼭 못하는 사람이 또 걸려. 진료기록으로 확실히 관리하면 매칭하는 시점에 알 수 있을 텐데, 그건 일부러 안 하는 건가?
가네다	염색체 정보가 들어 있으니까, 일부러 그러는 거겠지.
레이코	숍을 바꿔볼까?
가네다	근데, 뭘 기준으로 잘하고 못하고를 정하는 거야?
레이코	나한테 얼마나 잘 맞춰주느냐지. 섹스 기술을 연마하지 않는다는 건 너무 나태한 거 아냐?
가네다	그러니까 개개인의 취향을 잘 맞출 줄 알아야….
레이코	평균 수준의 통찰력만 있으면 돼. 아주 짧은 시간에 두 사람의 스토리를 만드는 게 중요해. 플레이라는 게 그런 거잖아. 그 안에 스토리가 없으면 그건 그냥 짐승들 교미나 다를 게 없어. 둘만의 스토리를 연주하고 나서 만족감을 느껴야지. 녹스라는 인종에 공헌하고 있다는 명예랄까, 마치 찬양의 노래가 들리는 것처럼. 짐승 같은 성관계를 하고 나면 정말 기분 더러워. 환청처럼 〈도나도나〉[+]가 들려.

+ 1938년에 발표된 이디시어 원곡이 영어, 프랑스어, 일본어 등으로 번역되어 불린 노래. 1960년 존 바에즈가 부른 버전이 가장 유명하다.

가네다	그렇구나. 나도 반성할 부분이 있을지도 모르겠네.
레이코	그런 점에서 세이지는 아주 스마트해.
가네다	그래?
레이코	잘하거든.
가네다	흐으음.
레이코	평소 태도도 문제없고. 좀 너무 성실해서 탈이지.
가네다	염색체 궁합이 안 좋은 거면 유감이네.
레이코	파트너로서 만족하고 있으니까, 입양하는 것도 좋을 거 같아.
가네다	저기, 레이코, 언제 나랑 한번 안 할래?
레이코	싫어, 부끄러워.
가네다	부끄럽다고? 왜?
레이코	안 부끄러워?
가네다	부끄러운 지점도 있는데, 난 괜찮아.
레이코	안 괜찮아.
가네다	왜?
레이코	서로 큐리오였던 시절을 너무 잘 알잖아. 싫어, 찜 찜해.
가네다	찜찜해? 그런가? 난 그냥 기탄없이 솔직한 의견을 듣고 싶었을 뿐인데.
레이코	점심은 먹었어? 아래 채식 전문 이탈리안 레스토랑이 생겼던데. 어때?
가네다	아, 먹었어. 왕진 다니느라 일찍 먹어.

레이코	미리 말해주지. 기다렸단 말이야.
가네다	미안해.
레이코	할 얘기는 뭐야?
가네다	내가 나가노 8구도 담당하게 됐거든. 그래서 저번에 소이치를 만났어.
레이코	아직도 거기 살다니.
가네다	네 딸도 같이 살아. 이 얘긴 너한테 해줘야 할 것 같아서.
레이코	고마워. 유는 만났어?
가네다	아직 못 만났어.
레이코	소이치는 잘 있고?
가네다	온몸이 낡았어. 도저히 동갑이라는 생각이 안 들어.
레이코	큐리오가 다 그렇지, 뭐.
가네다	나이 든 환자를 본 적은 있어도, 늙어가는 모습을 관찰한 적은 없어. 젊은 시절 모습을 잘 아니까 충격이긴 하더라. 머리로는 알아도 말이야.
레이코	큐리오는 참 불쌍해. 그래도 지하철 역에서 채소 파는 할머니, 야마나시에서 온 큐리오라던데, 그분 보고 아름답다는 생각이 든 적이 있어…. 소이치도 보고 싶네.
가네다	어려울걸. 나 때문에 화났거든. 우리랑 감각이 많이 달라.
레이코	잠깐 가볼까?

가네다	가지 마.
레이코	유만 보고 오면 되잖아.
가네다	마지막으로 본 게 언제야?
레이코	유가 세 살 때.
가네다	그 사람들은 혈연관계를 아주 중요하게 생각하잖아. 이제 와 네가 나타나면 혼란스러울 거야.
레이코	엄마라고 밝히러 가는 것도 아닌데.
가네다	만났는데 얼굴이 똑같이 생겼으면 어쩔 건데?
레이코	안경 쓰고 가지.
가네다	걔도 안경 쓰면?
레이코	안경 벗지.
가네다	금방 알지, 그래도.
레이코	선글라스 쓸까?
가네다	아니, 그게 문제가 아니라니까.
레이코	다음에 갈 땐 데려가 줘.
가네다	내 말이 어려워? 안 된다고.
레이코	그럼 나 혼자 갈래.
가네다	큐리오 지역에서 녹스 여자 혼자 돌아다니면 어떻게 되는지 몰라?
레이코	난 공격당할 거고, 넌 죄책감에 괴로워하겠지.
가네다	잘 아네. 누구한테도 좋을 게 없어.
레이코	나 좀 데려가 줘.
가네다	왜 그래? 여태 아무 생각 없이 살았으면서.

레이코	거기 사는 줄 몰랐으니까.
가네다	안 돼.
레이코	제발.
가네다	…그럼 나랑 자줄래?
레이코	그런 거로 흥정하는 건 도덕적으로 문제 있는 거 아냐?
가네다	정답.
레이코	부끄러운 줄 알아.

가네다는 두 손으로 얼굴을 감싼다.

| 레이코 | 불쌍하게 왜 그래. 많이 힘들구나? |
| 가네다 | 정답. |

가네다가 괴로워하고 있는데, 세이지가 퇴근해 들어온다.

레이코	어서 와.
세이지	나 왔어. (가네다를 가리키며) 왜 저러고 있어?
가네다	죄송해요. (일어선다)
세이지	어디 안 좋아요?
가네다	괜찮아요. 지금 세이지 씨 아내분한테 같이 자달 라고 요청했다가 거절당했거든요.
세이지	그랬어요? 그거 유감이네요.

가네다	오늘은 그만 가볼게요.
세이지	그게 좋겠네요.
가네다	세이지 씨, 당신은 정말 대단한 능력자세요. 본받아야겠어요.
세이지	뭐가요?
가네다	아니에요, 가볼게요.
세이지	가네다 씨, 할 말이 있는데, 저는 질투를 좀 하는 편이거든요. 인류 전체가 형제든 뭐든 상관없는데, 당신은 형제이기 전에 가네다 요지라는 이름이 붙어 있어요. 무슨 말인지 알죠?
가네다	네.
세이지	물론, 출산의 의무가 중요하다는 건 잘 알아요.
가네다	정답~

가네다는 퇴장한다. 레이코와 세이지는 길게 포옹한다.

세이지	우리 잘 극복하자. 우리만 이런 게 아니야.
레이코	알아.
세이지	일흔둘에 아이를 낳은 사람도 있대. 최근 몇 년은 출산율도 많이 올라가고 있다니까, 우리 녹스는 이 문제도 잘 이겨낼 거야.
레이코	반가운 소식이네.
세이지	우린 시간도 많잖아.

레이코   (웃는 얼굴로) 입양하는 방법도 있다고 병원에서
          그러더라.

세이지   근본적인 문제해결은 안 되겠지만, 아이가 있는
          삶은 매력 있으니까.

레이코   어때? 입양은?

세이지   반대할 생각은 없어. 그런데 입양했는데 애가 생
          기면 어떡해?

레이코   딴 데로 입양시키지.

세이지   그렇긴 한데.

레이코   미우라 씨도 입양하기로 했나 봐.

세이지   어? 어떤 애?

레이코   당연히 큐리오지.

세이지   역시. 몇 살짜리?

레이코   세 살.

세이지   세 살짜리가 수술이 가능해?

레이코   체력만 되면.

세이지   하긴 녹스가 될 거면 빨리 해버리는 게 좋지.

레이코   그치. 나 말이야, 큐리오였을 때 애 낳은 적 있었어.

세이지   …들은 적 있어.

레이코   그 애가 아직 나가노 8구에 산대. 가네다가 알려
          줬어.

세이지   바로 옆 동네잖아.

레이코   그러니까.

세이지	아직도 큐리오란 거네? 몇 살이야?
레이코	이제 스무 살. 어떻게 컸을까?
세이지	남자애야?
레이코	여자.
세이지	자기랑 닮았을까?
레이코	(웃는다)
세이지	유전보다 환경이 더 커. 거기다 큐리오고.
레이코	그러게. 근데 입양 생각을 해봤더니, 그 앨 후보로 넣고 싶어지더라고. 스무 살이면 한창 녹스가 되고 싶을 나이잖아.
세이지	핏줄에 집착하다니 자기답지 않은데? 너무 성인이잖아. 그 앨 입양할 필요는 없지.
레이코	궁금해졌어.
세이지	스무 살짜리 큐리오야. …아마 자기는 그 앨 직접 만나도 자기랑 접점을 하나도 못 찾을걸? 만에 하나 찾는대도 그건 환영이야. 억지로 상상해서 끼워 맞추고선 좋아하겠지. 그건 못된 짓이야.
레이코	그냥 순수한 호기심이야. 자기야말로 핏줄을 너무 따지는 거 아니야?
세이지	아니야. 제일 큰 문제는 나이야. 우리 처음 목적은 그런 게 아니었잖아. 아니, 나도 솔직해질게. 당신 친자식이라는 게 하나도 신경 안 쓰인다고 하면 거짓말이지. 그러니까 그 애 얘긴 하지 말자.

그 애, 안 만났으면 좋겠어.

레이코   그렇게까지 싫으면, 알았어.

세이지   고마워.

두 사람, 끌어안는다.

7장

나가노 8구. 낮. 오쿠데라의 집 마당. 데쓰히코와 유가 이야기를 하며 등장한다.

데쓰히코 그냥 돈 벌러 간 거라고 들었어.

유 누구한테?

데쓰히코 도키에다 할아버지. 그렇게 쉽게 전염 안 돼.

유 넌 어렸으니까 기억 못하겠지만….

데쓰히코 나랑 차이도 얼마 안 나면서! 악수로 전염된다는 건 헛소문이야. 지금 시대가 어느 시댄데. 누나는 아버지 말이라고 너무 다 믿는 거 아니야? 누난 녹스 혐오사상에 감염됐어.

유 너희 아빠도 그것 때문에 돌아가셨어.

데쓰히코 녹스가 되고 싶으셨던 거야.

유 녹스가 돼서 뭐하게?

데쓰히코	도시로 가서 학교도 다니고.
유	한 자도 못 읽는 주제에.
데쓰히코	평생 늙지 않고 살 수 있어.
유	(웃음) 그래? 아직 꼬맹이가. 이 바보야. 늙는 걱정은 어른 되고 나서 해.
데쓰히코	누나도 금방 아줌마 돼.
유	너 까불지 마.
데쓰히코	누나네 엄마도 지금은 녹스잖아.
유	나 진짜 화낸다.
데쓰히코	병에도 안 걸리고, 힘도 세고, 시력도 엄청 좋아. 최고잖아.
유	태양 아래서는 돌아다니지도 못해.
데쓰히코	단점은 그거 딱 하나잖아. 큐리오 시대는 끝났어.
유	…너 그게 무슨 뜻인 줄 알고 쓰는 거야?
데쓰히코	뭐가?
유	큐리오.
데쓰히코	아니. 왜 걔들은 우리보고 큐리오라고 하는 거야?
유	골동품이라는 뜻이야, 큐리오는. 우릴 무시하는 거야, 깔보는 말이라고. 신문에도 안 나오는 단어 잖아.
데쓰히코	…진짜? 열 받네.
유	넌 하나도 몰라. 이 멍청아. 아무것도 모르면서.
데쓰히코	누난 뭘 아는데? 그래 나 멍청해, 이런 동네에 처

박혀 사니까 당연하지!

데쓰히코는 퇴장하고, 유는 남는다.
밤이 되고, 모리시게가 출근한다.

8장

검문소. 밤. 모리시게가 근무 준비를 하고 있다. 그때, 가네다
와 레이코가 온다.

가네다　　안녕하세요.

모리시게　안녕하세요. 오늘은 진료일이 아닌데 오셨네요.

가네다　　정답. 오늘은 개인적인 볼일이 있어서요.

모리시게　같이 오신 분은 누구세요?

가네다　　신경 쓸 거 없어요.

모리시게　이런 거 신경 쓰는 게 제 일이라서요.

가네다　　그런가? 그럼 제 딸이라고 해두죠.

모리시게　해둔다는 말은, 따님이 아니라는 거죠.

가네다　　예리하시네. 역시 프로는 달라. 그런데 규칙에 충
　　　　　　실한 게 꼭 좋은 건 아니에요. 내가 그쪽한테 명
　　　　　　령할 위치는 아니지만, 내 진의를 이해해주실 분

이라고 믿어요.

모리시게   신분증 보여주세요.

가네다   (레이코에게) 신분증 보여드려.

레이코는 신분증을 꺼내 모리시게에게 내민다.

레이코   여기요.

모리시게   감사합니다.

레이코   별말씀을.

가네다   귀찮게 해드렸네.

모리시게   괜찮습니다.

가네다와 레이코는 모리시게에게서 멀어진다. 모리시게는 다른 공간에 있다.

가네다와 레이코는 유가 기다리고 있는 곳으로 간다.

가네다   불러내서 미안해요.

유   아니에요.

가네다   실은 우리 초면이 아니거든. 나는 너의 아버지 옛 친군데, 가네다라고 해. 기억나?

유   아… 죄송해요.

가네다   아주 어렸을 때, 다섯 살이었나? 설날에 놀러 가면 나한테 연하장 달라고 막 조르고 그랬어. 그래서 내가 그 자리에서 연하장 써준 적도 있는데. 그때 연하장 복권*이 당첨됐다고 나한테 고마워했었잖아. 원래는 너희 집에 있던 연하장이었지만. 기억나?

유   네, 어렴풋이….

가네다   그 후론 치안이 점점 나빠져서 못 오게 됐어…. 그런데 이번에 왕진하러 고향에 오게 된 거야.

유   네.

가네다   잘 지냈어?

유   네, 뭐.

가네다   많이 컸네.

유   아….

유는 가네다 일행과 어느 정도 거리를 두고 있다.

가네다   괜찮아. 오해야. 그렇게 쉽게 전염 안 돼. 게다가 넌 젊고 건강하잖아. 걱정할 거 없어.

유   …네.

레이코   말이 별로 없네.

유   네?

✦ 일본의 연하장 엽서에는 일련번호가 찍혀 있어, 연초가 되면 우체국에서 당첨번호를 공지한다. 당첨자는 경품을 받는다.

레이코	계속 단답형으로만 대꾸하잖아.
유	아, 네.
레이코	이것 봐. 왜 그러는 거예요?
유	아, 그게, 저는, 여기 원래 한참 교류가 없었으니까, 낯설어서 그런 거 같아요.
레이코	낯설 게 뭐 있어, 똑같은 인간인데. 그래도 대답해 줘서 고마워요. 잘 알겠어요. 말은 선물 같은 거예요, 받은 만큼 못 주면 실례죠.
가네다	그런 식으로 말하면 안 되지. 낯선 건 피차 마찬가지잖아. 미안해, 이쪽은… 내 딸, 음, 노리코.
레이코	노리코라고 해요. 이름 좀 예쁘게 지어주지 그랬어.
가네다	낮의 인간에 관심이 많아서 데리고 왔어. 너 생각도 나고.
레이코	괜찮으면 잠깐 얘기 좀 할 수 있어요?
가네다	…그래도 될까? 방해하는 거 아니면.
유	방해는 딱히… 괜찮아요.
레이코	고마워요.
가네다	잘됐다. 여기는 사람들 눈에 너무 띄니까 차 안에 가서 얘기하면 되겠네. 그럼 나는 너희 아버지 좀 만나고 올게. 얘기 잘 나눠. (가려고 한다)
레이코	아, 가네다, 차 열쇠 주고 가야지.
가네다	참, (주머니에서 열쇠를 꺼내 내밀며) 자. 그리고 아빠 이름을 그렇게 막 부르는 거 아니야. 너 그

버릇 고쳐.

레이코 죄송해요. 아빠.

가네다 조심해.

가네다는 퇴장한다.

레이코는 마치 관찰하듯 유를 본다. 유는 어쩐지 불편함을 느
낀다.

유 밤인데 선글라스….

레이코 아아, 시력이 너무 좋아서. (선글라스를 벗는다)

유 해를 볼 일도 없는 사람이 선글라스라니 웃기네요.

레이코 그럼 이거 줄게요.

레이코는 선글라스를 내민다. 유, 잠시 주저하다가 받는다.

레이코 갈까요?

유 그냥 여기서 얘기해요.

레이코 왜?

유 차 안에서 얘기하는 건 좀.

레이코 무서워서?

유 좀.

레이코 그래요. 그거 써봐요.

유 네?

레이코   선글라스.

유   아, 네. (선글라스를 쓴다)

레이코   어머, 너무 안 어울린다. (웃는다)

유   하하. (쓴웃음)

레이코는 유에게 다가가 얼굴을 본다.

레이코   피부가 상했네. 햇빛 때문에 그런가?

레이코는 유의 뺨을 만진다. 유는 레이코의 손을 뿌리치려고
하지만, 레이코가 유의 손을 잡는다.

레이코   손도 상했네. 상처 아무는 게 더딘가 봐.

유   저기요, 이것 좀 놔줄래요? (레이코의 힘이 세서
         움직일 수 없다)

레이코가 손을 놓는다.

유   사람을 그렇게 물건 보듯 보지 마세요. (자기의
         팔을 만진다)

레이코   미안해요. (팔을 가리키며) 괜찮아요?

유   네.

레이코   근데, 너무 매력 있다.

유	그만하세요.
레이코	굉장히 매력적이야. 뭐랄까, 건강미가 있어요. 실제론 우리가 더 건강하겠지만. 음. 그런데 이렇게 가까이서 보면 건강해 보인다니까. (기분 좋은듯 웃는다)
유	저기요, 그렇게 웃겨요?
레이코	(웃으며) 아니에요. 그냥 기분이 좋아서 그래요.
유	네… 저기요, 노리코 씨는 나이가 어떻게 돼요?
레이코	우리 별로 차이 안 나요.
유	가르쳐주세요.
레이코	스물넷이요.
유	아~ 그럼 무슨 띠죠?
레이코	토끼띠. 왜요?
유	아니, 겉으로 봐선 모르니까요.
레이코	지금 속으로 서른여섯일 거야, 그랬죠? 아니면 마흔여덟? 우린 나이 같은 거 신경 안 써요, 겉모습으로 사람을 판단하지 않죠. 중요한 건 내면이지. 물론, 겉모습도 깨끗하고 아름답게 가꾸는 게 매너이긴 해요.

유는 자신의 옷차림이 신경 쓰인다.

레이코	B&D라는 카페가 있는데, 알아요?

유	아니요.
레이코	꽤 유명한데.
유	B&D.
레이코	우리한텐 '브랙퍼스트breakfast', 당신들한테는 '디너dinner.'
유	아아.
레이코	그런 콘셉트인 카페예요. 서로 오해 풀자 이거죠. 마쓰모토에도 몇 개 있어요. 한번 가보세요.
유	노리코 씨는 자주 가세요?
레이코	아니요. 그런데 유 씨를 보니까 가보고 싶어져서, 갑자기 떠올랐어요.
유	그런 곳이 있군요.
레이코	낮의 인간은 할인도 많이 해주니까, 후회 안 할 거예요. 근데 거지들 못 들어오게 드레스 코드가 있거든요. 옷만 좀 신경 쓰세요.
유	…네.

사이.

레이코	이제 됐어요. 고마워요.

레이코는 악수를 하려고 손을 내민다. 유는 그 손을 잡고 악수한다. 레이코는 그대로 유를 끌어안는다. 두 사람, 곧 몸을 떨

74

어뜨린다.

레이코   고마워요. 나 차에서 기다리고 있다고 전해줘요.

유   저기, 노리코 씨, 제 엄마예요?

레이코   맞아. 알아본 거야? 어떻게 알았어?

유   아뇨, 몰랐어요.

레이코   몰랐는데 안 거야? 대단한데? 보통이 아니야, 역
시…. 그럼 이만.

레이코는 차가 있는 쪽으로 간다. 유는 잠시 멍하니 서 있다.

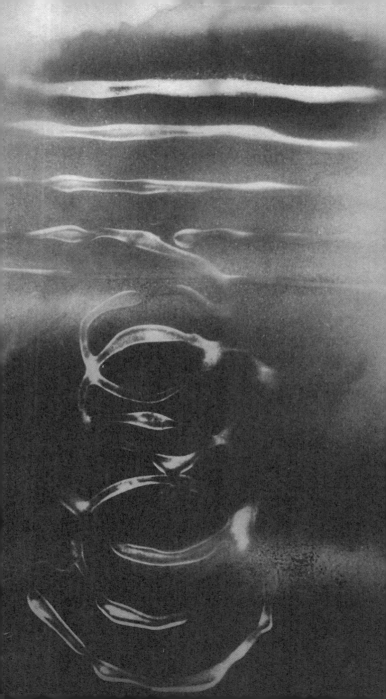

9장

검문소. 모리시게는 경비를 서고 있다.
모리시게는 데쓰히코가 온 것을 보고 일어선다. 둘은 장난치
듯 경례를 한다.

데쓰히코　수고 많으십니다.

모리시게　그래!

데쓰히코　물건은 어떠셨습니까?

모리시게　아! 그거….

데쓰히코　왜?

모리시게　이상하게 좀 연하더라고.

데쓰히코　얼마나 우렸는데?

모리시게　3분.

데쓰히코　3분이면 연할 리가 없는데.

모리시게　아니, 묘하게 연하더라고.

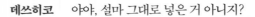

데쓰히코	아야, 설마 그대로 넣은 거 아니지?
모리시게	어? 그대로?
데쓰히코	블렌딩했어?
모리시게	어? 안 했어.
데쓰히코	이 멍청아, 하나도 모르는구나! FOP는, 팁 자체엔 맛이 별로 없어. OP를 블렌딩해야 맛이 부드러워지는 거야. 팁만 우려먹는 놈이 어딨어, 아깝게. 정말 실망이야!
모리시게	…미안해.
데쓰히코	…오렌지 페코, 좋은 거 있어?
모리시게	아니.
데쓰히코	내일 가져올게.
모리시게	고마워.
데쓰히코	고맙긴.
모리시게	너, 홍차 전문가야?
데쓰히코	열 살부터 홍차 하나만 팠어.
모리시게	와. 장인이네!
데쓰히코	그렇지 뭐. 어떤 비율로 블렌딩할지는 직접 해봐, 네 입맛에 맞게 만들면 돼.
모리시게	그렇구나. 그럼 가게에서 파는 FOP는 뭐야?
데쓰히코	그건 블렌딩된 거. 내가 준 건 골든 팁이니까, 정확하게는 GFOP, 골든 플라워리 오렌지 페코야. 그러니까 블렌딩에 따라 최고급 FTGFOP, 파인

티피 골든 플라워리 오렌지 페코를 맛볼 수도 있어. 다음엔 내가 블렌딩한 걸 가져와 볼게. 5:2:2:1 비율로, 물 온도는 90도, 3분 30초 우리는 게 제일 좋을 거야.

모리시게　…파인 티피 골든 플라워리 오렌지 페코. 멋있어. 5:2:2:1 비율로 90도, 3분 30초. 이젠 실패 안 해.

데쓰히코　…기억력 좋다!

모리시게　그래?

데쓰히코　종이에 적어주려고 했는데, 필요 없겠네.

모리시게　괜찮아. 여기에 다 들어 있어. (자기 머리를 가리킨다) 참나, 네가 홍차 전문가였다니.

데쓰히코　왜?

모리시게　아니, 너무 대단한 거 같아서. 장인이잖아.

데쓰히코　너도 근사한 직업 있잖아.

모리시게　이런 일은 누구나 할 수 있어. 넌 달라.

데쓰히코　그런가?

모리시게　그래. 집이 홍차 가게를 하는 거야?

데쓰히코　아니, 나만 해.

모리시게　그렇구나. 어? 너만 하다니?

데쓰히코　차밭이 버려져 있길래 내가 가졌어.

모리시게　어? 직접 재배한다는 거야?

데쓰히코　응. 주변에 할아버지, 할머니 불러서.

모리시게　진짜? 사장이야?

데쓰히코	사장은 아니고.
모리시게	사장이지.
데쓰히코	그런가?
모리시게	밭이 얼마나 넓은데?
데쓰히코	3헥타르.
모리시게	헥타르면 얼마나 넓은 거야?!
데쓰히코	꽤 넓어.
모리시게	말도 안 돼, 네가 사장이었다니. 에이씨, 이제부터 사장님이라고 불러줄게.
데쓰히코	그럼 난 너 경비라고 불러줄게.
모리시게	…아니다, 관두자. 서로 직업으로 부르는 건 좀 그 래.
데쓰히코	사장과 경비.
모리시게	그만해. …너 지금 몇 살이야?
데쓰히코	넌?
모리시게	내가 물어봤잖아.
데쓰히코	아니, 녹스는 겉모습만 봐선 모르잖아. 알고 보니 나보다 훨씬 위면 미안하니까.
모리시게	난 스물셋.
데쓰히코	난 열여덟.
모리시게	나보다 어릴 줄 알았어.
데쓰히코	별로 차이도 안 나는데 뭘.
모리시게	나보다 네가 훨씬 더 아는 게 많은 거 같은데?

데쓰히코	아니라니까. 난 초등학교도 제대로 못 다녔어.
모리시게	아아, 큐리오는 참 힘들겠다.
데쓰히코	큐리오라고 하지 마.
모리시게	왜?
데쓰히코	너 그게 무슨 뜻인지 알아?
모리시게	'낮의 인간'이란 뜻이잖아.
데쓰히코	아니야, 녹스가 멋대로 붙인 이름이야.
모리시게	아아, 그래?
데쓰히코	우린 우리끼리 큐리오라고 절대 안 불러. 그러니까 그렇게 부르지 마.
모리시게	응. 알았어.

세이지가 등장한다. 모리시게는 당황해서 자세를 바로 한다.

세이지	일 제대로 하는 거야?
모리시게	죄송합니다.
세이지	저기 주차된 차, 왕진 의사 거 맞지?
모리시게	네. 가네다 선생님 찹니다.
세이지	오늘은 왕진이 없을 텐데.
모리시게	개인적으로 볼일이 있다고 하셨습니다.
세이지	응, 그래? 지금 어디 계셔?
모리시게	모르겠습니다. 같이 오신 분은 차에 계신 것 같습니다.

세이지   같이 오신 분?

모리시게   여성분이었습니다.

세이지   음.

세이지는 잠시 생각에 잠기더니, 차 쪽으로 발길을 돌린다.

데쓰히코   저기, 그거 얼른 내놔봐.

모리시게   뭘?

데쓰히코   왜 모른 척이야.

모리시게   내가 뭘?

데쓰히코   가져온다며.

모리시게   (웃으며) 뭘 가져와? 응?

데쓰히코   그거 있잖아, 그거. 으으… 잡지.

모리시게는 웃으며 야한 잡지를 건넨다. 데쓰히코는 음흉한 얼굴로 페이지를 넘긴다.

모리시게   (웃으며) 표정관리 좀 해. 미치겠다. 아하하.

소이치와 가네다가 등장한다. 소이치는 이야기를 끝내려고 하고, 가네다는 쫓아오는 듯.

소이치   그만 좀 해. (데쓰히코에게) 너 여기서 뭐 해? 너 뭐 감췄어? 이리 내.

데쓰히코　아, 그게요, 아무것도 아니에요. 아! (소이치에게
　　　　　잡지를 빼앗긴다)

소이치는 잡지를 훑어보더니 덮는다. 그리고 겁에 질린 데쓰
히코를 본다.

소이치　　괜찮아.

데쓰히코　네?

소이치　　괜찮다고, 화난 거 아니야.

데쓰히코　…진짜요?

소이치　　난 네가 곤경에 처했을까 봐 걱정한 거야.

데쓰히코　곤경에 처하다뇨, 얘 진짜 좋은 친구예요. 전에 있
　　　　　던 놈이랑 천지 차이예요.

소이치　　그럼 됐고.

모리시게　처음 뵙겠습니다. 모리시게라고 합니다.

소이치　　안녕하세요.

모리시게　(가네다에게) 같이 오셨던 분은 차로 가셨습니다.

가네다　　네, 알겠어요. 저기, 소이치, 잠깐 얘기 좀 더 하자.

소이치　　(가네다를 무시하고 모리시게에게) 음, 아, 그렇
　　　　　지, 이 녀석도 추첨 신청할 거니까 그쪽으로 가게
　　　　　되면 잘 부탁해요.

모리시게　진짜?

데쓰히코　내가 말하려고 했는데.

소이치　이 녀석 정말 아무것도 모르는 놈이라… 부탁 좀 해요.

모리시게　아니에요. 분명히 잘 적응할 거예요. 당첨되면 좋겠다.

소이치　배율이 높아봤자 다섯 배니까, 가능성은 있지.

모리시게　다섯 배?

데쓰히코　다섯 배.

모리시게　세상에, 다섯 배는 처음 들었어.

데쓰히코　여기 계속 산 보람이 있었어.

모리시게　그런데, 그럼 차밭은 어떡해?

데쓰히코　아직 모르겠어.

소이치　괜찮아, 앞으로 여기도 사람들이 늘어날 테니까. 맡아줄 사람이 있겠지.

데쓰히코　아니, 아직 어떻게 될지 모르잖아요.

모리시게　야야, 다섯 배는 기적이야.

데쓰히코　하하하.

세이지가 돌아온다. 모두 세이지가 오는 것을 보고 말을 멈춘다.

세이지　야. 지금 뭐 하는 거야? 여기 놀러 왔어?

모리시게　죄송합니다.

세이지	(모두를 둘러보며) 뭐야, 인기 많네? 응? 대단하셔. 저기요, 이 사람한테 자꾸 말 걸지 말아줄래요? 지금 근무 중이거든요.
데쓰히코	죄송합니다.
세이지	알았죠?
소이치	뭐 어떻습니까, 잡담 좀 한 거 가지고. 여기가 무슨 군대도 아니고.
세이지	저기요, 일에 지장이 생기거든요.
소이치	무슨 지장이요?
세이지	여러 지장이요.
소이치	좋게 좋게 지내자면서요. (데쓰히코에게) 좋게 좋게 지내고 있었지?
세이지	업무에 방해가 된다고요.
소이치	(웃으며) 방해요? 솔직히, 할 일도 없잖아?
세이지	…저기요, 말조심하세요.
소이치	당신이 할 소리야, 그게? 인사 한번 한 적 없으면서.
세이지	그러는 당신은 했어?
소이치	좀생이.
세이지	똑똑히 들어요, 외모로 사람 판단하는 거 아니에요. 내가 이래 봬도 쉰다섯이에요. 당신보다 나이 많을걸요? 나이 많다고 유세 떠는 게 아니라, 그런 식으로 겉만 보고 사람 판단하고 우습게 보는 게 싫다고요. 솔직히 나이 든 사람 중에 그런

85

사람 많잖아. 그게 뭐 하는 짓이에요? 어른이 할
짓이에요? 얼굴만 늙으면 다 어른이에요? 나이
만 먹었지 어린애 같은 인간이 수두룩하잖아. 그
렇다니까요. 나이는 허세 같은 거예요. 몸만 늙은
게 아니야, (머리를 가리키며) 여기도 늙었어. 그
러니까 큐리오라는 소릴 듣지. 진짜 어른이 되라
고요, 좀.

사이.

세이지   가네다 씨, 저랑 얘기 좀 해요.

세이지는 차 쪽으로 걸어간다. 가네다, 따라간다.

소이치   (데쓰히코에게) 너도 쓸데없이 이런 데 오지 마.

소이치는 잡지를 던지고 퇴장한다. 데쓰히코는 모리시게의 눈
치를 보며 소이치를 따라간다.
모리시게만 남아 한숨을 쉰다. 그때, 유가 지나간다. 모리시게
는 유를 보고 자세를 바로 한다. 유, 걸음을 멈춘다.

모리시게   안녕하세요.
유   ….

모리시게	무슨 일로 오셨어요? 아, 볼일 없어도 괜찮아요. 여긴 여러분의 땅이니까요. …그런데 웬일이세요? 이렇게 늦은 시간에. 저희한테는 점심시간이지만. …데쓰히코 친구 맞죠? 그 앤 정말 대단해요. 홍차에 대해서 모르는 게 없더라고요. 장인이에요. 존경스러워요. (아무런 반응이 없는 것을 보고) 죄송해요, 조용히 할게요.
유	차 말고는 아무것도 모르는 애예요.
모리시게	그게 좋은 걸 수도 있어요. 장인이나 예술가 보면, 일류는 전부 큐리오잖아요. 아, 죄송해요, 아, 그게… 죄송해요.
유	사과하지 마세요.
모리시게	저는 늘 당신들이 만든 작품을 보고 놀라거든요. 뭐랄까, 독특한 감성이… 정말 대단한 거 같아요.
유	그런 얘긴 됐고요. 녹스가 되면 뭐가 달라져요?
모리시게	음, 글쎄요….
유	몇 살 때 녹스가 됐어요?
모리시게	아, 저는 태어날 때부터 녹스였어요. 녹스 1세대예요. 그래서, 죄송해요, 잘 모르겠어요. …녹스가 싫으세요? 저는 당신들이 좋은데.

유는 모리시게에게 등을 돌린다. 암전.

10장

소가의 집 거실. 세이지와 가네다가 있다.

가네다 요즘엔 '시코쿠 특산물은 인간 아이'라는 말까지
　　　　 있어요. 이게 말이 돼요?

세이지 심하네.

가네다 사는 사람이 있으니까 그런 사업이 존재하는 거
　　　　 예요.

세이지 마약 산업 말하듯이 말하지 마세요.

가네다 비즈니스로 만든 건 우리니까요.

세이지 입양은 반대예요?

가네다 아니요.

세이지 출산율은 착착 오르고 있어요. 앞으론 아이를 사
　　　　 올 필요도 없어질 거예요.

가네다 그랬으면 좋겠네요.

세이지	자외선 대책에 효과적인 효소를 발견했다는 기사도 봤어요. 해결 못할 문제는 없어요.
가네다	그렇게까지 우리가 완벽하다고 보세요?
세이지	무슨 말인지 알아요. 그렇다고 우는 소리만 하고 있어야 하나?
가네다	아니, 죄송해요. 옛 친구를 만나서 태양이 그리워진 건지도 모르겠어요.
세이지	(웃으며) 아니, 음. 가네다 씨, 우리가 나이를 먹은 건지도 몰라요.
가네다	그게 무슨 말이에요?
세이지	음. 우리의 몸은 여전히 젊어요. (머리를 가리키면서) 근데 여긴? 뇌세포도 과연 여전히 팔팔할까요?
가네다	당연하죠, 뇌도 우리 육체의 일부니까요.
세이지	내 머리는 안 굳는다고?
가네다	(웃으며) 그런 고민을 한다는 건 아직 괜찮다는 거예요.
세이지	의학적인 견해를 묻는 거예요.
가네다	우린 노화하지 않아요. 딱딱한지 말랑한지는 개인 성격 문제고요.
세이지	가네다 씨는 몇 살에 녹스가 됐어요?
가네다	스물일곱이요.
세이지	머릿속이 바뀌었어요? 어떤 느낌이었어요?

가네다   개운했죠. 악령이 떨어져 나간 느낌이랄까요?

세이지   그건 육체적인 변화 때문에? 뇌가 신선해진 건가?

가네다   몸이 바뀌면 마음도 바뀌는 법이에요. 몸이 지치면 아무것도 하기 싫은 거랑 같아요.

세이지   난 열다섯이었어요. 눈을 떠보니까 세상이 완전히 달라져 있는 거야. 경치도 사람도 전부 다 다르게 보였어요. 어린 시절 특유의 결벽증, 그때 했던 고민들, 분노, 욕망에서 자유로워진 거지. 엄청난 일이 벌어졌다고 느꼈어요. 천성으로 사람한테 이성이 있다면, 난 모든 걸 이성으로 컨트롤할 수 있을 것 같았거든. 맘대로 잘 안 되던 내 감정도, 냉정하게 바라볼 수 있게 됐어요. 내 뜻대로 안 되던 나 자신을 완벽하게 지배하게 된 거예요.

가네다   전지전능해진 느낌이었겠네요.

세이지   난 젊은 시절 철없는 이상을 잃어버리는 게 어른이 되는 것이란 생각은 안 해요. 그건 단순한 분노와는 다른 형태로 계속 가져갈 수 있다고 믿었어요. 좌절하고 고독해지는 것도 안 무서워. 눈앞에 펼쳐진 정글 속으로 혼자 뛰어들 수 있는 강인한 육체, 또 그 육체가 떠받쳐주는 의지를 느꼈어요. 가네다 씨 때랑은 시대가 다를 수도 있지만,

무슨 말인지 알죠?

가네다   …무슨 말이 하고 싶으신 거예요?

세이지   나는 도저히, 큐리오를 대등한 존재로 받아들일
수가 없어요.

가네다   …세이지 씨만 그런 게 아니에요.

가네다와 세이지, 그대로 무대에 남는다.

11장

검문소. 새벽이 되기 전. 모리시게는 경비를 서고 있다.
데쓰히코가 등장한다. 쭈뼛쭈뼛 걸어오는 데쓰히코를 모리시
게는 미소 지으며 맞이한다.

모리시게   오랜만이야.

데쓰히코   어어, 오랜만이야.

모리시게   잘 지냈어?

데쓰히코   응, 잘 지냈어.

모리시게   일찍 일어났네?

데쓰히코   밤엔 좀, 나오기가 힘들어서.

모리시게   아아.

데쓰히코   자꾸 뭐라고 해서 귀찮아 죽겠어.

모리시게   그러게, 귀찮아 죽겠어.

데쓰히코   정말 귀찮아 죽겠어.

모리시게   너 또 잡지….

데쓰히코   맞아!

모리시게   성질 급한 것 좀 봐.

데쓰히코   하하하… 이, 있어?

모리시게   뭐가?

데쓰히코   으으… 그거.

모리시게   응? 뭐?

모리시게는 웃으면서 야한 잡지를 데쓰히코에게 건넨다. 데쓰
히코는 잡지를 펼쳐본다.

데쓰히코   모리시게, 근데 너, 그거, 해본 적 있어?

모리시게   어? 뭐?

데쓰히코   뭐긴 뭐야.

모리시게   볼링?

데쓰히코   여, 여자랑!

모리시게   (웃으며) 있지.

데쓰히코   진짜?!

모리시게   응.

데쓰히코   진짜?

모리시게   진짜.

데쓰히코   어어? 있구나. 와.

모리시게   넌?

데쓰히코   나…?

모리시게   그렇구나.

데쓰히코   언제?

모리시게   열세 살이었나?

데쓰히코   미쳤어?! 와 미쳤어! 이 미친…! 진짜?!

데쓰히코는 화를 내고, 모리시게는 웃는다. 두 사람, 그대로
무대에 남는다.

12장

소가의 집. 세이지와 가네다. 10장에 이어서.

세이지   30년이에요. 우린 큐리오와 공존할 수 있다고 믿고 살아왔어요. 그런데 지금은 관리가 필요한 집단이란 걸 알아요. 그들은 너무 감정적이고, 하여튼 안 돼, 말이 안 통해.

가네다   음… 녹스도 완벽한 건 아니에요, 마음이 무너질 때도 있죠. 그래도 차별한다는 걸 자각하고 그런 자신을 두려워하고 있다면 아직 이성적인 거예요. 녹스는 전지전능하다는 선민의식이나 특권의식을 갖기 쉬워요. 정 걱정되시면 상담치료 받아보지 그래요?

세이지   (한숨을 쉬고) 그러게요.

가네다   조금 쉬어보는 것도 좋을 거 같아요.

세이지	음. 근데 레이코 일도 있어서.
가네다	제가 죄송했어요.
세이지	아니. 음. 화를 냈지 뭐예요, 한심하게. 핏줄 문제로 발끈한 거예요. 이런 제길. 나이 먹었나, 용납이 안 되는 게 점점 많아져요.
가네다	(웃으며) 저도 녹스가 되고 나서 슈퍼맨이 된 것 같았거든요. 몸은 안 지치지, 감기도 안 걸리지, 머릿속은 상쾌하지. 그런데 우리도 잃은 게 많아요, 완전하지 않죠. 아 맞아요, 책이라도 읽어보세요. 큐리오들의 예술은 꽤 괜찮거든요. 태양 아래가 아니면 나올 수 없는 그림이나 소설이 있어요. 큐리오는 몸도 마음도 약하지만, 그렇게 약하니까 상상을 잘하는 거예요.
세이지	…고마워요.
가네다	세이지 씨!
세이지	네?
가네다	큐리오 아이를 입양하세요.
세이지	(웃으며) 안 돼요. 난 차별주의자니까.
가네다	하하….

두 사람, 퇴장한다.

13장

검문소. 11장에 이어서. 다리 위에 짐 가방을 든 가쓰야가 있다. 모리시게와 데쓰히코는 가쓰야가 온 것을 모르고 여전히 떠들고 있다.

가쓰야   야, 야! 너 혹시 데쓰히코?

데쓰히코   …네. 누구세요?

가쓰야   오. 삼촌 얼굴 잊어버렸어? 응?

데쓰히코   삼촌이요?

가쓰야   그래, 삼촌. (다가오며) 너, 어? 많이 컸구나, 이 새끼 진짜 많이 컸네. (웃으며) 뭐야, 너. 오오~ 나보다 더 크네, 멋있어졌다, 야. 밥도 제대로 못 먹었을 텐데 먹은 게 머리로는 안 가고 다 키로 갔구나. 그럼 뭐 어때, 건강하면 됐지.

가쓰야는 웃는 얼굴로 데쓰히코를 툭 친다. 가쓰야는 모리시게를 흘끗 본다.

가쓰야　　무슨 문제 있나 봐?

모리시게　아니요. 그런 거 없습니다.

가쓰야　　우리 조카가 뭐 귀찮게 했어요?

모리시게　아니요, 전혀요.

가쓰야　　뭐, 이런 동네 살다 보면 못 배워서 실수도 하고
　　　　　　그래요. 이해 좀 해주세요.

모리시게　아니요, 정말 그런 거 아니에요.

가쓰야가 머리 숙여 사과하자, 모리시게는 조심스럽게 그에게 다가온다.

가쓰야는 익숙한 손놀림으로 잽싸게 모리시게의 손목에 수갑을 채우고, 다른 한쪽 수갑은 철 기둥에 채운다.

모리시게는 순간 자신이 무슨 일을 당했는지 파악하지 못한다.

모리시게　어… 어? 뭐예요?

가쓰야　　헤헤. (데쓰히코에게) 싸운 거 맞지?

데쓰히코　…네?

가쓰야　　싸우고 있었잖아. 어? 왜?

데쓰히코　아니에요. 안 싸웠어요.

가쓰야　　그래? 이 동네 봉쇄 풀린 거 아니야? 근데 왜 이

런 검문소가 있어?

모리시게   죄송한데요, 이거 좀 풀어주실래요?

가쓰야   여기서 뭐 하는 거야? 감시?

모리시게   그런 게 아니라요. 여긴 안내소 같은 곳이에요.

가쓰야   흐음.

모리시게   마쓰모토에서 오셨어요? 혹시 모르니까, 신분증 확인 좀 부탁드려도 될까요?

가쓰야는 모리시게에게 보일 리가 없는 위치에서 신분증을 보여준다.

모리시게   아, 저기요, 안 보이거든요. 죄송한데, 이거 좀 풀어주세요.

데쓰히코   풀어줘요, 네?

가쓰야   음….

데쓰히코   제발요. 풀어줘요. 제 친구란 말이에요.

가쓰야   친구? (모리시게에게) 친구야?

모리시게   네.

가쓰야   (데쓰히코에게) 얘랑 친구라고?

데쓰히코   네. 얜 다른 녹스랑 달라요.

가쓰야   아니지, 아니지. 그건 아니지. 너 속은 거야. 멍청한 놈.

데쓰히코   내가 뭘요!

가쓰야   기본적으로 녹스는 우릴 무시한다고. 넌 머리가
나빠서 무시당해도 모르겠지만.

모리시게   아니에요.

가쓰야   그거 아냐? 큐리오 친구 있다 그러면 좀 멋있어
보인다며? 너희들 사이에선. 아냐? 나도 다 들은
게 있거든. 우리가 너희들 강아지로 보이냐? 이
개새끼야.

가쓰야는 모리시게의 경비 봉을 빼앗는다.

가쓰야   우리 동네 망하게 한 놈들이야. 이 속 없는 놈아.

가쓰야는 경비 봉으로 모리시게를 꾹꾹 찌른다.

모리시게   아니에요. 우린 절대로 그런 짓 안 해요.

가쓰야   속으면 안 돼. 이 징글징글한 놈들. (겁만 주려고
내밀었던 경비 봉이 모리시게의 얼굴을 가격한
다) 오오 미안, 잘못 맞았네.

모리시게의 입 주변에 피가 난다. 모리시게, 손으로 상처를 막
는다.

가쓰야   어이쿠, 야, 조심해. 피는 진짜 조심해야 돼. 데쓰

히코, 피 만지면 옮으니까 절대 손 안 닿게 해. 으으 위험했어. 어? 웬 잡지야? 와, 이거 포르노 아냐!

가쓰야는 잡지를 줍는다. 데쓰히코가 경비 봉을 빼앗아 가쓰야를 향해 맞선다.

가쓰야 너 뭐 하냐?

모리시게 데쓰히코, 됐어, 괜찮아, 하지 마, 응? 폭력은 안 돼.

가쓰야 오, 너흰 툭 하면 대화로 해결하자 그러더라?

모리시게 저기요, 오해하고 계신 거 같은데, 저희는 이 마을을….

가쓰야 아 됐어, 됐어, 됐어. 어차피 너희 맘대로 생각할 거잖아.

모리시게 알았어요. 그럼 맘대로 하세요. 가고 싶은 데 가세요. 그전에 이건 좀 풀어주실래요? 폭력 행사한 건 눈감아드릴게요.

가쓰야 아직도 상황 파악이 안 되나 보네.

가쓰야는 손목시계를 본다.

가쓰야 어이쿠, 일출이 한 시간도 안 남았네, 그럼 수고.

가쓰야는 짐 가방과 잡지를 들고 퇴장한다.

데쓰히코   어! 풀어주고 가야지! 삼촌! 삼촌! 뭐 하는 거야!
            미쳤어요?

모리시게는 수갑을 몇 번 당겨보지만, 소용이 없다.

모리시게   에이씨. 아우 아파. 안 되겠어.

데쓰히코   아, 좀, 어떡하지? 큰일 났네.

모리시게   진정해, 침착해야 돼.

데쓰히코   어떡하지?

모리시게   펜치나 뭐 좀 가져와봐.

데쓰히코   아, 응.

모리시게   작은 걸로는 안 돼. 와이어 자르는 걸로 가져와.

데쓰히코   응.

모리시게   데쓰히코, 시간이 별로 없어.

데쓰히코   알았어. 걱정 마.

모리시게   빨리 와.

데쓰히코는 퇴장한다. 모리시게는 철 기둥에 묶인 채로 있다.

14장

이쿠타의 집. 유가 있는 곳으로 소이치가 달려온다.

소이치   유! 유! 아아, 후우. 너 진정하고 들어.

유   난 진정했어요.

소이치   올해 추첨 결과가 나왔어. 너야.

유   응?

소이치는 유에게 작은 봉투를 건넨다. 안에는 잘 접힌 종이 한
장이 들어 있다.

소이치   잘됐어. 좀 전에 준코 씨네 집에 와 있더라고. 데
          쓰히코한테는 아직 말하지 말래. 그 녀석 또 칭얼
          거릴 테니까.

유   네.

소이치   왜 그래?

유   음, 어떡하지, 너무 갑자기라 고민돼요.

소이치   넌 아직 젊으니까. 근데 너 평생 그럴 거 같지? 체질에 따라서는 20대 후반에 이미 녹스가 될 수 없는 몸이 되는 사람도 있대, 되도록 빨리 하는 게 나아.

유   아빠, 괜찮겠어요?

소이치   어?

유   나 없으면 어떻게 살려고?

소이치   너 어렸을 땐 내가 다 했는데 뭘.

유   이제 더 나이 들면 힘들어질 텐데.

소이치   아직 그럴 나이 아니야.

유   난 그냥 여기 살아도 될 거 같은데.

소이치   그게 무슨 소리야, 너 그런 소리 하면 못써.

유   녹스가 그렇게 좋아요?

소이치   좋지 그럼.

유   녹스 싫어했으면서.

소이치   네 문제가 되면 다르지.

유   그게 뭐야.

소이치   살아야 하니까. 난 바이러스로 사람들 죽어 나가는 걸 본 사람이야. 녹스든 뭐든 어쨌든 살아야 할 거 아냐.

유   아빠 나를 내보내고 싶은 거죠?

소이치	내가 왜?
유	그럼 준코 아줌마랑 합칠 수 있으니까.
소이치	그게 무슨 소리야?
유	괜찮아요, 준코 아줌마랑 결혼해요, 그럼 나도 더 마음이 놓이니까.
소이치	그런 거 아니야.
유	준코 아줌마 좋아하잖아요.
소이치	별 소릴 다 하네! 내 자식이 건강하게 잘 살았으면 하는 거지, 딴 거 없어.

두 사람, 무대에 남는다.

15장

검문소. 13장에 이어서. 철 기둥에 묶인 모리시게에게, 데쓰히코와 준코가 다가온다. 손도끼와 우산을 들고 있다.

모리시게　（손도끼를 보고）오오, 야, 그게 뭐야, 무섭게.

데쓰히코　이거밖에 없어.

준코　세상에, 이게 어떻게 된 거야?

모리시게　아, 죄송합니다, 장난치다가.

데쓰히코　아니, 그게 아니라….

모리시게　됐어.

준코　열쇠는?

모리시게　그게 어디 갔는지 안 보여서요. 으아아!

데쓰히코가 수갑 사슬을 향해 손도끼를 휘두른다.

모리시게	갑자기 그러면 어떡해, 위험하게. 말하고 해.
데쓰히코	미안. (다시 휘두른다)
모리시게	잠깐, 잠깐, 잠깐. 너 수갑 끊을 거야, 아니면 내 손목 자를 거야?
데쓰히코	당연히 수갑이지.
모리시게	그럼 잘 좀 맞춰봐.
데쓰히코	알았어.
준코	시간 없으니까 정 안 되면 손목이라도 잘라서 도망가야지. 뭐, 너희는 강하니까.
모리시게	아니요, 잠깐만요, 저희도 그렇게까지는 안 강해요.

데쓰히코는 손도끼를 다시 휘둘러보지만, 위치 선정이 어렵다.

준코	뭐하니? 이리 줘봐.

준코는 손도끼를 받아들고 휘둘러본다. 데쓰히코는 우산을 펴 모리시게를 가려준다.

모리시게	(우산을 보고 웃으며) 고마워, 근데 이걸로는 소용없어.
준코	아, 날이 나갔네. 생각보다 이게 단단하구나.
데쓰히코	빨리 좀 해! 해 뜨잖아.

준코   누가 모르니!

데쓰히코는 아침 해가 뜨는 쪽을 본다.

데쓰히코   빨리!
준코   아유, 시끄러워!
모리시게   데쓰히코, 안에 들어가서 슬리핑백 좀 갖다 줘.
데쓰히코   슬리… 슬리핑?
모리시게   침낭.
데쓰히코   아아.
모리시게   빨리!

데쓰히코는 검문소 안으로 뛰어간다.
준코가 쾅쾅 수갑 사슬을 두드리는 소리가 계속해서 울려 퍼
진다.

16장

이쿠타의 집. 유와 소이치. 14장에 이어서.

유   지금처럼 사는 게 그렇게 싫어요?

소이치   이런 데 살면 미래가 없어.

유   그럼 아빤 왜 여기 살아요?

소이치   이제 와 그럼 어딜 가? 어딜 가도 똑같지.

유   준코 아줌마가 못 가는 건 알겠어요. 근데 아빠는
          다르잖아요.

소이치   나만 어떻게 가.

유   준코 아줌마를 위해서 그러는 거면, 다른 방법은
          없어요?

소이치   다른 방법 뭐?

유   모르죠, 나도.

소이치   너도 모르면서. 말은 쉽지.

유	녹스가 될 필요도 없고, 그렇다고 여기서 계속 살 필요도 없어요.
소이치	그럼 맘대로 해. 어디서 살든 네 자유지.
유	아빠도 준코 아줌마도 맘대로 사세요.
소이치	그렇게 간단한 문제가 아니야.
유	왜요?
소이치	그런 게 있어.
유	그런 게 뭔데요? 아빤 꼭 그러더라. 그런 거 없어요, 간단한 문제예요, 아주.
소이치	그렇게 싫으면 데쓰히코한테나 줘, 그럼.

소이치는 봉투를 던지고 방을 나간다. 유는 봉투를 주워 퇴장한다.

17장

검문소. 모리시게와 준코. 15장에 이어서.

준코   하아~ 더 큰 걸로 가져올걸. 정신 사납게 소리만
        질러대니까 무슨 말인지 하나도 못 알아듣겠더
        라고.

모리시게   죄송합니다, 이런 일로.

준코   아니. 그건 괜찮은데. 내가 어떻게든 해볼게요.

모리시게   네.

준코   (있는 힘껏 수갑 사슬을 때리며) 10년 전이 떠오
        르네, 정말.

데쓰히코가 침낭을 가지고 온다.

데쓰히코   이거 맞아?

모리시게　　어! 맞아, 맞아. 여기 펴, 펴.

데쓰히코는 침낭을 펼쳐, 모리시게 쪽으로 가지고 간다.

모리시게　　(준코에게) 죄송해요, 급해서 일단 좀 들어갈게요.
준코　　　　아아, 응, 그렇게 해요.

데쓰히코와 준코는 모리시게가 침낭 안으로 들어가는 것을
돕는다. 모리시게는 철 기둥에 묶인 손만 내놓고 침낭 속으로
몸을 넣는다.

모리시게　　계속 좀 부탁드릴게요.
준코　　　　네.
모리시게　　(눈이 부신 듯, 아침 해가 떠오르는 쪽을 보고) 크
　　　　　　　아, 이거 안 되겠는데.

준코는 온 힘을 다해 더 세게 손도끼를 내리친다. 데쓰히코는
어쩔 줄을 모른다.

데쓰히코　　아아아, 으으으, 왜 이렇게 된 거야, 아아아.
모리시게　　아아아. 크으⋯.
준코　　　　좀만 더 참아요, 조금만.
모리시게　　죄송해요, 감사합니다. 정말 고맙습니다. 저기, 저

괜찮으니까 그걸로 제 손목 잘라주세요.

준코   어? 지금 뭐라고 했어요?

모리시게 제발요. 햇빛 쐬는 것보단 손 잘리는 게 회복이
          빨라요.

준코   아, 그래도.

모리시게 제발요. 빨리!

준코   ….

모리시게 빨리요! 저 녹스라 괜찮아요.

준코는 도저히 모리시게의 손목을 자를 수 없다. 준코는 데쓰히코를 본다. 데쓰히코는 자기가 하겠다는 뜻으로, 수건으로 입을 막는다. 데쓰히코는 준코에게서 손도끼를 빼앗아 들지만, 망설인다.

모리시게 잘라! 빨리!

데쓰히코는 손도끼를 모리시게의 손목 위로 내리친다. 모리시게는 비명을 지른다. 데쓰히코는 몇 번이고 손도끼를 내리친다. 모리시게의 손목은 절단되고, 모리시게는 팔을 침낭 속으로 넣는다. 데쓰히코는 침낭의 지퍼를 닫는다. 준코는 남겨진 모리시게의 손을 천으로 싼다.

해가 뜬다. 준코, 데쓰히코의 몸에 묻은 피를 열심히 닦는다.

준코   (데쓰히코에게) 너 어디 상처 난 데 없지? 없지?

침낭 속에서 모리시게가 숨을 가다듬는 소리가 들린다.
소이치와 유가 등장한다. 철 기둥 아래에는 피가 고여 있다.

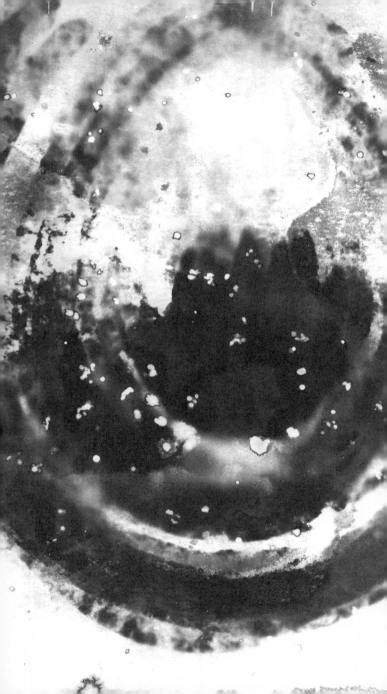

18장

같은 장소. 아침. 준코와 데쓰히코, 소이치와 유, 침낭 안에 들어간 모리시게가 있다.

가쓰야, 등장한다. 모두 가쓰야를 본다.

가쓰야   우리 집 없어졌더라, 이사했어?

소이치   …너, 이제 나타나서 한다는 말이 그거야?

가쓰야   그간 안녕하셨어요? 오쿠데라 가쓰야가 돌아왔습니다.

소이치   그게 아니지!

가쓰야   그땐 죄송했어요. 제가 죽을죄를 지었어요.

준코   뭣 하러 왔어?

가쓰야   어? 아니, 신문에 났더라고, 이 동네. 사진도, 누나 사진도 실리고. 그래서 아직 여기 사는구나 싶어서 와봤지.

소이치　　너 그걸 말이라고….

가쓰야　　아니, 우리 동네 그렇게 된 거, 난 정말 몰랐단 말
　　　　　　이야. 정보가 전혀 없으니까. 내가 얼마나 걱정했
　　　　　　는데. 경제봉쇄당했다는 것도 신문 보고 알았어.

소이치　　어떻게 모를 수가 있어?

가쓰야　　진짜라니까. 뭐야, 왜 이래. 왜 날 그렇게 잡아먹
　　　　　　을 것처럼 보고 그래?

소이치는 가쓰야에게 성큼 다가간다. 가쓰야는 경계하며 물러
선다.

가쓰야　　왜 이래, 어? (웃으며) 화났어? (웃는다) 아니, 진
　　　　　　짜 나 반성하고 있다니까. 내가 잘못했어. 우리
　　　　　　동네가 이렇게 된 거 다 나 때문이잖아. 그래서
　　　　　　이렇게 온 거라니까.

소이치　　10년이야. 어?

준코　　이제 와서 어쩔 건데?

가쓰야　　당연히 내가 뭐든 도와야지.

소이치　　돕기는 개뿔. 보면 몰라? 우리 마을은 이미 오래
　　　　　　전에 끝났어. 너 때문에.

가쓰야　　아버지는?

준코　　돌아가셨어.

가쓰야　　어? 언제?

준코	8년 전에.
가쓰야	왜?
준코	자살하셨어.
가쓰야	뭐? 뭐야, 나 때문에?
준코	그래.
가쓰야	그래….
소이치	네가 한 짓이 그런 거야.
준코	너무 늦었어. 10년은 너무 늦었어.
가쓰야	나도 힘들었어.
소이치	네가 벌인 일이야.
가쓰야	잡혔으면 그놈들은 분명히 날 죽였을 거야, 그래서, 걱정돼 죽겠는데도 올 수가 없었어.
소이치	남은 사람들이 얼마나 힘들게 살았는지 알아?
가쓰야	알아.
소이치	뭘 알아.
가쓰야	그러게 왜 계속 여기서 살았어? 시코쿠에라도 가지.
소이치	야, 너 정말 몰라서 물어? 동네 사람이 한 명이라도 남아 있는 한, 네 누난 아무 데도 못 가. 네가 도망가서 누나가 모든 책임을 다 졌어. 여긴 그런 곳이야. 넌 우리 인생 10년을 망쳤어.
가쓰야	우리라니… 언제 당신한테 그래 달라고 부탁했어?

소이치는 가쓰야에게 성큼 더 다가오지만, 유의 목소리를 듣고 멈춘다.

유   아빠, 하지 마요.

가쓰야   참나, 촌구석에 처박혀 살아서 그런가, 사고방식
              이 왜 이렇게 후져. 누나도 그래, 10년이나 죄인
              처럼 살 필요는 없었잖아. 우린 태양 아래를 자유
              롭게 다닐 수 있어, 녹스 놈들은 절대로 우릴 못
              쫓아와. 나 한마디 해야겠어, 10년 동안 이 지경
              이 될 때까지 뭐 하고 있었어? 녹스 맘대로 하게
              내버려 둔 거 아냐? 한심해. 복수해야지, 낮에 쳐
              들어가면 백 프로 우리가 이겨. 수박 서리보다 더
              쉽잖아.

준코   너 여기 뭣 하러 온 거야?

가쓰야   우리 마을을 해방시키러? 내가 싸우는 법을 가르
              쳐줄게.

모리시게   …(침낭 속에서) 우린 싸우지 않아요!

가쓰야는 목소리의 주인공이 누군지 깨닫고, 침낭을 보며 웃
는다.

가쓰야   어? 어~? (웃으며) 뭐야, 너 아까 개야? (웃는다)

데쓰히코   으아아아!

데쓰히코는 모리시게의 경비 봉으로 가쓰야에게 덤벼든다. 가
쓰야는 아슬아슬하게 피한다.

가쓰야   오, 위험했어. 이 새끼가!

가쓰야는 경비 봉을 든 데쓰히코에 맞서 싸울 자세를 잡는다.
데쓰히코는 가쓰야에게 덤벼든다. 그때 유가 끼어들어 데쓰히
코를 말리며 가쓰야 앞에 막아선다.

유   우리 동네가 망한 건 녹스 때문이 아니에요.
가쓰야   어?
유   큐리오 때문이에요.
가쓰야   너, 네 입으로 큐리오라고 한 거야, 지금?
유   당신 같은 인간이 있으니까 큐리오 소리를 듣는
              거예요! 아저씨 집에 불을 지른 것도 큐리오였어
              요. 범인 찾겠다고 서로 물고 뜯다가 이렇게 된
              거라고요. 녹스는 아무 짓도 안 했어요.
소이치   그만해!
유   당신 같은 한심한, 우리 큐리오가, 우리 동네를 이
              렇게 만들었다고요!
가쓰야   그래서 뭐. 어? 뭐? 넌 아무렇지도 않아? 어? 저
              새끼들만 잘 먹고 잘사는 이유가 도대체 뭐냐고!
데쓰히코 으아아!

125

데스히코, 가쓰야에게 달려들지만 또 유가 말린다.

유   데스히코, 그만해. 이러면 똑같은 사람 되는 거야.

모리시게   (침낭 속에서) 맞아, 데스히코, 그러면 안 돼!

가쓰야   (웃음) 뭐야, 이건. 웃겨 죽겠네.

데스히코   웃음이 나와! 모리시게를 이렇게 만든 놈이 이 사
          람이야!

준코   (가쓰야에게) 정말이야?

데스히코   그렇다니까!

모리시게   됐어.

데스히코   뭐가 돼!

준코   정말이야?

데스히코   정말이라니까, 이 사람이야! 이 사람!

준코는 가쓰야를 본다. 가쓰야는 주눅이 든다.

가쓰야   뭐야. 어? (모리시게를 가리키며) 내가 뭘 어쨌
          다고.

데스히코   가만 안 둬!

가쓰야는 데스히코를 보고 코웃음 친다. 소이치는 가쓰야의
뒤로 가, 데스히코와 함께 그를 에워싸는 모양새를 만든다.

소이치	너 진짜 하나도 안 변했구나.
유	아빠, 그러지 마요. 데쓰히코, 너도. 아이참, 아줌마, 좀 말려주세요.

유는 덤벼들려고 하는 데쓰히코를 말린다.

데쓰히코	(준코에게) 괜찮지? (유를 뿌리치며) 나 안 말릴 거지?!

모두 준코의 대답을 기다린다. 준코는 고개를 끄덕인다.
데쓰히코가 가쓰야에게 덤비고, 싸움이 시작된다. 소이치가
둘 사이를 말리려 드는 유를 말린다.

데쓰히코	으아아아!
유	이거 봐요!
소이치	내버려 둬, 그냥 내버려 둬!

데쓰히코는 경비 봉으로 가쓰야를 때리지만, 반격을 당하기도
한다. 싸움을 잘하는 가쓰야를 데쓰히코는 당해낼 수가 없다.
소이치가 데쓰히코를 돕는다. 두 사람은 가쓰야를 때리고 발
로 찬다. 유는 싸움을 말려달라고 준코를 잡아당기지만, 준코
는 꿈쩍도 않는다.

유   그만 좀 해! 아빠, 제발! 아줌마, 좀 말려요! 왜 이
            러는 거야, 이러면 똑같아지는 거야, 그때랑 똑같
            잖아! 이러면 안 돼, 그만 좀 해!

준코는 여전히 꿈쩍 않는다. 유의 외침은 아무에게도 들리지
않는다.
언어맞고 도망치려던 가쓰야는 모리시게의 손목을 자를 때 생
긴 피 웅덩이에 미끄러져 피범벅이 된다. 철 기둥에 피가 묻은
수갑을 본 가쓰야는 그것이 모리시게의 피임을 알아차린다.
모두, 사태의 심각성을 깨닫는다.

가쓰야   어? 어어? 뭐야, 이거. 말도 안 돼, 저 새끼 피야?
            더럽게, 으아, 더러워! 학학(손과 얼굴에 묻은
            피를 필사적으로 닦는다) 큰일 났다, 큰일 났다.
            (매달리듯 준코를 보며) 누나, 나 좀 살려줘.

소이치는 가쓰야에게서 준코를 떨어뜨린다. 가쓰야는 바이러
스에 감염되어 기침하기 시작한다. 곧 격한 통증이 가쓰야를
덮치고, 그는 소리를 지르며 몸부림친다.

가쓰야   으아아아아아아아!
준코   가쓰야! 가쓰야!

소이치는 준코를 붙잡는다. 가쓰야는 매우 고통스러워하다 숨을 거둔다. 준코는 가쓰야의 시체 앞에 주저앉는다.

소이치   준코 씨, 지금까지 잘 견뎠어요. 이제 뭘 하든, 아무도 뭐라 할 사람 없어. 이제 다 끝났어요, 같이 여길 떠나요. 여기 남을 이유가 없어.

준코, 운다. 암전.

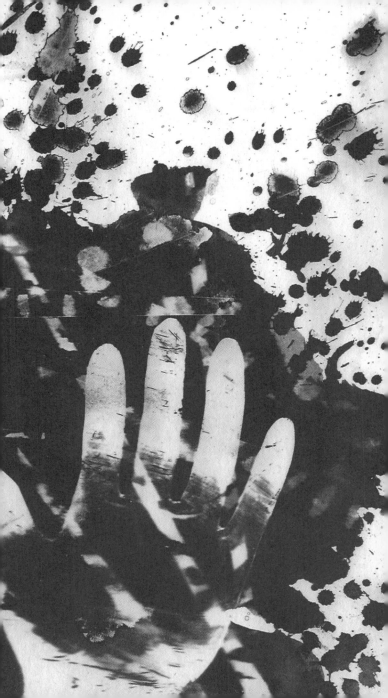

19장

소가의 집. 세이지와 레이코가 있다. 다른 방에 유가 있다.

레이코   잠깐 몇 마디 나눈 걸로 내가 엄마란 걸 알았다니까. 대단하지 않아? 역시 그쪽 사람들이 말하는 것처럼, 핏줄이란 건 신비로워.

세이지   뭘로 안 거지?

레이코   그런 게 없다니까. 그냥 그런 생각이 들었대. 영감 같은 거지.

세이지   신기하네. 자기는? 어땠어?

레이코   난 사실 영감이 오길 기대하고 나간 거였어. 근데 깜짝 놀랄 만큼 아무 느낌도 없더라고. 정말로 아무 느낌도. 환영이었어, 당신 말대로. 눈앞에 있는 건 평범한 큐리오 여자애, 그것도 가난하고 비위생적인 애였어.

세이지	그런 애가 딸이라 실망했어?
레이코	아니. 매력적이라고 느꼈어. 매력 있지 않아?
세이지	어어, 있지.
레이코	…매력 있어.

레이코는 유가 있는 방으로 가서 그녀에게 말을 건다. 세이지는 방 문 앞에서 그들을 보고 있다.

레이코	계속 여기 있어도 돼.
유	아뇨, 그럴 순 없죠. 죄송해요.
레이코	내가 신청하면 바로 녹스가 될 수 있어. 넌 내 친딸이니까.
유	아, 아뇨, 아직 거기까진 생각해본 적 없어서….
레이코	큐리오가 지긋지긋하지 않아?
유	그것보다 너무 갑자기, 엄마라는 것도….
레이코	금방 익숙해져. 누굴 좋아하는 데 조건은 필요 없잖아.
세이지	녹스가 되면 너도 알게 될 거야.
레이코	너희는 핏줄에 너무 집착해서 자기 가족을 지키기 위해 남을 죽이기도 해. 근데 우린 달라. 모든 인간이 가족이야. 절대 남을 공격하지 않아. 왜 망설이나 모르겠네.
유	네, 그래도… 죄송해요.

세이지	너도 속으론 화나지? 잘 살아보려고 하는데 잘 안 되잖아. 이유는 딴 게 아니야, 약해서 그래.
레이코	강해져야 돼.
세이지	강해지면 문제에 맞설 수 있어. 약한 자신을 부여안고, 강한 자는 모두 악이라 보는 건 크게 실수하는 거야. 태양을 등지는 한이 있어도 강해져야 돼.

세 사람, 그대로 무대에 남는다.

20장

검문소. 모리시게가 있다. 데쓰히코가 등장한다.

데쓰히코 손, 괜찮아?

모리시게 응, 그런대로. 손가락은 아직 거의 안 움직여.

데쓰히코 미안해.

모리시게 신경 쓰지 말라니까. …날이 많이 시원해졌네.

데쓰히코 응.

모리시게 우린 밤이 길어지니까 좋은 거거든.

데쓰히코 지구 어딘가에 해가 아주 잠깐만 떴다가 지는 나
라가 있대.

모리시게 아아, 북유럽 쪽?

데쓰히코 가본 적 있어?

모리시게 없어. 거기 엄청 멀어.

데쓰히코 오키나와보다 더?

모리시게	백배는 더 멀걸? 멀고, 춥고.
데쓰히코	그렇구나. 추운 거랑 더운 거 중에 뭐가 좋아?
모리시게	추운 거. 넌?
데쓰히코	중간이 좋아.
모리시게	지금 정도?
데쓰히코	응.
모리시게	둘 중에 하나 고르는 거 아니었어?
데쓰히코	뭐가?
모리시게	아니야, 됐어. 너 운전할 줄 알아?
데쓰히코	응.
모리시게	잘됐다.
데쓰히코	면허는 없어.
모리시게	다음 연휴 때, 어디 안 갈래?
데쓰히코	어디?
모리시게	어디든. 어디든 멀리. 너 여기서 나가본 적 없지? 밤에는 내가 운전할 테니까, 낮엔 네가 해. 논스톱으로 달리는 거야. 갈 수 있는 데까지 가보자. 지도 하나 달랑 들고 떠나는 것도 재밌어.
데쓰히코	근데 차 안으로 햇빛이 들어오잖아.
모리시게	침낭을 새로 샀어. 자외선 완벽하게 차단되는, 관처럼 생긴 거로.
데쓰히코	시체 운반하는 거 같아서 난 싫은데.
모리시게	조금만 열어도 난 큰일 나는 거야. 널 믿으니까

하는 소리야.

데쓰히코 응.

모리시게 어때? 재밌을 거 같지 않아? 그런 식으로 녹스, 큐리오가 콤비로 여행 다니는 경우는 또 없을걸.

데쓰히코 여행….

모리시게 별로 안 내키나 보네?

데쓰히코 아니, 그게….

모리시게 왜? 왜 이렇게 기운이 없어?

데쓰히코 아니~ 그게…. 나 안 됐어, 추첨. 떨어졌어.

모리시게 그래?

데쓰히코 아이씨. 될 줄 알았는데.

모리시게 확률이 높긴 했어도, 추첨은 추첨이니까.

데쓰히코 짜증 나.

모리시게 아직 기회는 있잖아.

데쓰히코 그렇기는 한데. 또 1년 기다려야 하잖아.

모리시게 괜찮아, 뭐 어때.

데쓰히코 안 괜찮아.

모리시게 늦기 전에 햇볕이나 많이 쬐어 둬.

데쓰히코 난 빨리 학교 가고 싶단 말이야. 알고 싶은 게 많아.

모리시게 넌 나보다 훨씬 많이 알잖아.

데쓰히코 아니라니까.

모리시게 학교에서 배우는 거 별거 없어, 진짜 지식은 살면 서 저절로 알게 돼. 학교 가보면 알게 될 거야.

데쓰히코　그래, 그거 알려면 학교 가야겠네. 넌 학교를 다녔
　　　　　으니까 그런 소릴 할 수 있는 거야.

모리시게　학교가 얼마나 재미없는데. 학교에는 지식밖에
　　　　　없어, 진짜 중요한 건 지혜인데. 넌 이미 그걸 가
　　　　　졌잖아.

데쓰히코　아니야. 넌 학교를 나왔으니까 그렇게 말하는 거
　　　　　라니까. 너 자꾸 나 치켜세우는데 나 그거 하나도
　　　　　안 기뻐. 뭣 때문에 날 치켜세우는 건지 난 모르
　　　　　니까.

모리시게　넌 엄청난 걸 갖고 있어.

데쓰히코　그럼, 왜 난 안 행복해? 왜 난 녹스가 되고 싶은
　　　　　거야?

모리시게　…알았어. 그럼, 너는 학교 가서 네가 뭘 가졌는지
　　　　　깨달을 거야. 난 단지 서두를 거 없다고 하고 싶
　　　　　었을 뿐이야. 분명히 녹스는 노화나 질병에서 해
　　　　　방됐어. 그런데 태양이라는, 세상에서 제일 근원
　　　　　적인 존재에게선 버림받았어. 너흰 낮에도 밤에
　　　　　도 살 수 있잖아. 우린 상상도 못할 일이야. 그러
　　　　　니까 지금 삶을 즐겨.

데쓰히코　이런 갑갑한 동네 싫단 말이야.

모리시게　넌 24시간 움직일 수 있어. 어디든 갈 수 있어. 그
　　　　　러니까 우리 여행 가자. 우리 둘이면 24시간 풀가
　　　　　동으로 최고의 콤비가 될 거야. 녹스랑 큐리오가

함께 살 수 없다는 사람들, 난 정말 이해가 안 돼.
서로 부족한 부분을 채워주면 더 강해질 거 아냐.
일도 그만두고 둘이서 전국을 도는 거야. 차별 반
대 시위도 하면서. 그러면 스폰서도 붙을 거야.
어때? 재밌겠지?

데쓰히코   …큐리오라고 하지 마.

모리시게   뭐라고 하든 상관없어, 그런 피해의식이 안 좋은
거야. 난 녹스 대표, 넌 큐리오 대표가 되는 거야.
골동품의 가치를 올려봐, 너 스스로.

모리시게와 데쓰히코, 그대로 무대에 남는다.

21장

소가의 집. 세이지, 레이코, 유가 있다. 19장에 이어서.

유   무슨 말씀을 하시는 건지, 전 아직 모르겠어요.

레이코   그래? 흠, 할 수 없지. 그건 큐리오의 증상이니까.
            머릿속에서 그러지? 왠지 싫다고.

유   증상이라뇨?

레이코   논리적으로 생각하면 알 수 있는 걸 받아들이지
            못하는 게 큐리오잖아. 그러니까 지금 내가 하는
            말을 못 알아들어도 괜찮아. 녹스가 되면 전부 알
            게 될 테니까.

유   그럼 영원히 모르고 산다는 건가요?

세이지   골동품으로 사는 한.

유   사람 무시하지 마세요!

세이지   이것 봐. 금방 또 피해자가 되잖아.

레이코	녹스가 되면 알게 돼. 그동안 얼마나 비합리적으로 생각하면서 살았는지. 되게 웃길걸?
유	못 믿겠어요.
레이코	믿게 될 거야.
유	…결정하기 전에 한번, 시코쿠에 다녀오고 싶어요. 시코쿠는 녹스 못지않게 도시가 잘 정비되어 있다고 들었어요. 사람도, 사회도요. 그래서요, 혹시 돈을 좀 빌릴 수 있을까요? 꼭 갚을게요. 시코쿠를 본 다음에 결정하고 싶어서 그래요.
세이지	…시코쿠. 아니, 여행 경비는 얼마든지 줄 수 있어. 그런데 가보란 말은 못하겠네.
유	왜요?
세이지	두 달 전에 시찰 나간 적이 있어. 아마 넌 실망할 거야…. 정부가 있긴 해. 그런데 거의 독재체제고, 낡은 권력구조에 빈부격차도 심해. 길거리는 또 얼마나 더러운지. 거기다가 녹스에 대한 차별 교육도 하고 있어. 인구 유출을 막으려는 의도는 알겠는데, 너무 하더라고.
유	진짜요?
세이지	진짜야. 나도 솔직히 실망했어. 그래도 가보고 싶어?

유는 그 자리에 주저앉는다. 세이지와 레이코는 퇴장한다.

22장

검문소. 모리시게와 데쓰히코. 20장에 이어서.

모리시게   내가 왜 이런 직업을 선택했느냐면, 큐리오에 대해 더 알고 싶었거든. 사실 큐리오랑 친하게 지내는 걸 싫어하는 애들도 있어. 녹스는 머리는 좋다지만, 속으론 차별의식이 있어.

데쓰히코   만약에 내가 녹스가 되면, 나도 차별을 하게 될까?

모리시게   모르지.

데쓰히코   넌 어때?

모리시게   난 차별 안 해. 그러니까 이렇게 너랑 있지. 우린 다를 게 없어.

데쓰히코   있어.

모리시게   없어.

데쓰히코　우린 전혀 달라.

모리시게　다르지 않아.

데쓰히코　난 네가 왜 그런 소리를 하는지 모르겠어. 우린 전혀 다르잖아. 다른 걸 왜 다르지 않다고 하는지 이해가 안 돼.

모리시게　본질은 같으니까.

데쓰히코　본질이 뭔데?

모리시게　똑같은 인간이잖아.

데쓰히코　안 똑같다니까. 내가 전에도 말했지, 본질이란 건, 내가 보기엔 아무 데도 없어. 넌 없는 말로 말장난하는 거야. 내가 모를 줄 알고 아무 말이나 하는 거야.

모리시게　그런 거 아니야. 그럼, 알았어, 우리가 다르다고 쳐. 그래도 그게 누가 더 잘나고 못났다는 의미는 아니야.

데쓰히코　너희가 잘난 거 맞잖아. 아니면 왜 다들 녹스가 되고 싶어 하겠어? 너희 우리 보고 큐리오라고 부르면서 깔보잖아.

모리시게　그런 애들도 있지, 그래서 난 녹스가 큐리오의 장점을 더 알았으면 좋겠어.

데쓰히코　장점 없어.

모리시게　장점 많아. 동물, 식물, 물, 바람… 전부 다 태양 아래에 있을 때가 제일 아름다워, 난 영상으로밖

에 못 봤지만, 그런 세상에 사는 큐리오들이 정말
대단하다고 생각해.

데쓰히코   넌 좋은 면만 본 거야.

모리시게   너도 녹스의 좋은 면만 본 거야. 난 네가 녹스 되는
거 싫었어. 큐리오 숫자가 점점 줄고 있어. 큐리오
문화는 남겨야 해. 난 큐리오를 지키고 싶어.

데쓰히코   그게 무슨 개소리야! 학교 얘기랑 똑같아. 넌 녹
스니까 그렇게 말할 수 있는 거야. 넌 날 무시하
고 있어. 학교 별거 없다고? 녹스도 별 게 아니
야? 그건 전부 다 가졌으니까 할 수 있는 말이야!
넌 지식도, 강한 몸도 독차지하고 싶은 거야. 난
이런 시골에서 빨리 벗어나고 싶어, 병에 걸리는
것도 무섭고, 늙는 것도 싫어! 난 빨리 녹스가 되
고 싶다고!

사이.

데쓰히코   큐리오를 지키고 싶다고? 짜증 나. 너도 결국 차
별주의자야.

모리시게   아니야.

데쓰히코   맞아.

모리시게는 데쓰히코의 뺨을 때린다. 또 때린다.

데쓰히코도 모리시게를 때리려고 하지만, 한쪽 팔밖에 못 쓰
는데도 모리시게에게 상대가 되지 않는다.

모리시게   네가 약한 건, 네 책임이야.

데쓰히코는 모리시게에게 맞서지만, 오히려 자기가 당한다.
분한 듯 소리 지르며 계속해서 모리시게에게 덤비지만, 소용
없다. 결국, 그는 땅에 쓰러진다.

모리시게   너 그거, 녹스가 돼도 해결 안 돼.

데쓰히코는 마치 떼를 쓰듯 울기 시작한다. 모리시게는 퇴장
한다.

23장

병원. 가네다, 세이지, 레이코가 들어온다. 다른 공간에 유가
있다.
가네다는 가방을 내려놓는다.

가네다　　소이치 서명 좀 확인하고 싶은데.

레이코는 소이치가 서명한 서류를 가네다에게 건넨다. 가네
다, 확인한다.

가네다　　세이지 씨, 꼭 이래야겠어요?
세이지　　레이코의 아이잖아요. 이상할 거 없지.
가네다　　아니, 그래서 힘들어하셨잖아요.
세이지　　그랬죠⋯. 응, 그러니까. 극복해야겠더라고요. 그
　　　　　　아이를 받아들이면 나도 성장할 수 있을 거 같아

146

서요.

가네다   그건, 그 애한테는 상관없는 일이잖아요.

세이지   그렇죠.

가네다   네.

세이지   응? 그래서요?

가네다   그 애를 이용하면 안 되죠.

세이지   왜? 서로한테 이익인데.

가네다   (레이코에게) 그 애 보고 아무 느낌 없었다며.

레이코   응.

가네다   핏줄에 집착할 필요가 없잖아?

레이코   집착 안 해, 그 애를 피할 이유도 없잖아. 이건 인
            연이야.

가네다   그럴지도 모르지.

레이코   그 애가 바라는 일이야. 뭐야? 반대하는 거야?

가네다   그건 아니고.

레이코   그럼 왜 그래?

가네다   난 유의 어린 시절을 알아.

레이코   나보다 더 잘 알아?

세이지   가네다 씨가 더 집착하는 거 같은데?

가네다   …네, 저는, 반대해요.

세이지   왜요?

가네다   모르겠어요.

레이코   (웃으며) 뭘 몰라?

세이지	그 앤 힘들어했어, 자기가 큐리오라는 걸.
레이코	내가 도와주고 싶어.
세이지	어리석은 게 죄라고 하고 싶진 않지만, 현실적으로 그건 범죄나 다름이 없어. 그 앤 그 사실을 깨달았어요.
가네다	그건, 그들 문제예요.
레이코	너무 잔인하네. 그런 동네에 그 앨 그냥 두자는 거야?
가네다	그 사람들이 극복해야 할 문제라고요.
세이지	극복한 결과가 우리잖아요. 가네다 씨, 이제 와서 왜 이래?

사이.

가네다	정답이네요.
세이지	그 앨 구해줘야죠.
레이코	큐리오는 질병이야, 약으로 고칠 수 있어.

가네다는 다른 방으로 가서 유를 본다.

| 가네다 | 왜 태양을 버리려고 하지? 이런 짓이야말로 병이야. |

입이 거칠어진 가네다를, 뒤늦게 온 세이지와 레이코가 바라
본다.

세이지   다른 의사한테 부탁해야 하나?

가네다   (유에게) 정말로 괜찮겠어?

유   네.

가네다   ….

세이지   제3자가 반대해봤자 아무 소용없어요.

가네다   맞아요. …시작할게요.

가네다는 가방에서 백신이 든 주사기 세트를 꺼내 테이블에
올려놓는다.

레이코는 유의 겉옷을 벗기고, 팔을 걷어준다. 가네다는 계속
해서 준비한다.

가네다   처음엔 백신주사를 놓을 거야. 그다음에는 녹스
         의 혈액을 투여할 거고. 누구 피로 하지?

레이코   내가 할게.

가네다   (유에게) 팔 줘봐.

유는 팔을 걷고, 가네다는 주사기를 든다. 레이코가 겁을 먹은
유를 달래준다.

가네다, 백신을 주사한다.

가네다　　걱정 마. 레이코도 준비해야지. 채혈할게.

레이코　　그럴 필요 없어.

레이코는 유를 일으켜 세워 뺨을 만져주는 듯하다가, 갑자기 입을 맞춘다. 유는 깜짝 놀라 저항하지만, 레이코는 힘으로 그녀를 누른다. 두 사람이 떨어지자, 둘 다 입술 주변에 피가 묻어 있다. 이 '피의 키스'로 레이코는 그녀를 감염시킨 것이다.

레이코　　이거면 됐나?

세이지　　(가네다에게) 미안해요, 이렇게 해주고 싶었나 봐.

레이코는 유에게서 떨어져 손수건으로 입을 닦는다.
유의 호흡이 가빠진다. 그리고 숨이 끊어질 것처럼 기침하기 시작한다. 세 사람은 유를 지켜본다.

가네다　　많이 힘들 거야. 침대에 묶어둬.

유는 짐승처럼 소리를 지르며 고통스러워한다.
레이코와 세이지는, 마치 갓 태어나 우는 아기를 보듯 유를 내려다본다.
바닥에서 몸부림치던 유가 레이코를 덮친다. 레이코는 그것을 받아준다. 유는 레이코와 세이지의 품안에 안겨 기절한다. 두 사람은 그녀를 안고 다른 방으로 간다.

가네다는 가방에 주사 도구들을 챙겨 넣고, 힘없이 의자에 앉는다.

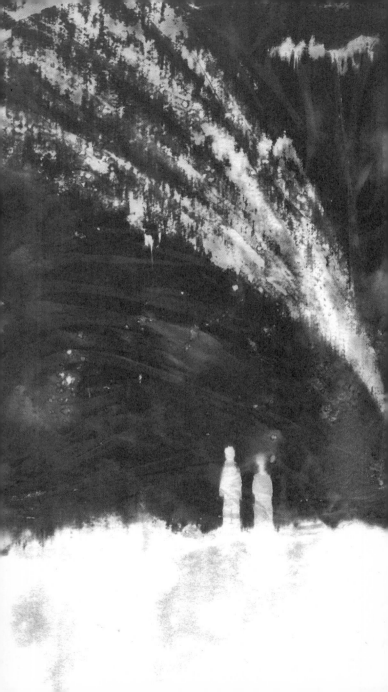

24장

검문소 앞. 밤. 가네다와 소이치가 있다.

소이치　녹스 사회에 기대지 않고 살 거야. 10년 해보니까
　　　　　별거 아냐.

가네다　그래?

소이치　전부 내 힘으로 할 거야, 이젠 너희한테 도둑놈
　　　　　취급받기 싫어.

가네다　어디로 가려고?

소이치　몰라, 일단 남쪽으로 가려고. 오키나와까지.

가네다　오키나와… 이제 쉽게는 못 보겠네.

소이치　거기까지 안 와도 돼.

가네다　너 나 싫어하는구나.

가네다는 물끄러미 소이치를 본다.

가네다	너 오랜만에 만났던 날, 뭐라 설명할 수 없는 감각을 느꼈어. 시간. 네 몸에는 시간이 새겨져 있어.
소이치	별소리를 다 하네.
가네다	우린 같은 시간을 살았을 텐데.
소이치	뭐야, 너 동안이라고 자랑하는 거야?
가네다	아니야. 내가 뒤처진 것 같은 느낌이었어. 너의 시간만 앞으로 나아가고 있어.
소이치	당연하지, 너희 인생에는 해 뜰 날이 없잖아.

가네다는 웃는다. 계속 웃는다.

소이치	왜 그렇게 웃어?
가네다	아니, 너무 맞는 말이라.
소이치	해가 뜨고 져야 하루가 가는 거야.
가네다	우리한테는 달이 있어.
소이치	달은 태양 빛이 반사되어서 빛나는 거야. 그거 알아?
가네다	…정답. 우린 너흴 이길 수가 없구나. 도둑이나 해적끼리는 사회를 만들 수 없어. 아무리 영웅처럼 보여도, 결국은 다 기생충이야.
소이치	맞아, 그러니까 우린 이제 더는 너희한테 기대지 않을 거야.

154

가네다   그래. 너흰 자립할 수 있어. 소이치, 너한테만 알
려줄게. 녹스는 저출산 문제를 극복 못할 거야.
불가능해. 출산율이 오른다, 태양을 극복할 방법
도 알아냈다, 신문에선 그러는데 다 꿈같은 얘기
야. 언론은 진실을 감추고 있어. 녹스로 태어나는
아이는 1%밖에 안 돼. 나머지는 전부 큐리오 아
이를 사 오는 거야. 녹스는 자립할 수 없어. 도둑
은 너희가 아니라 우리야.

소이치   …그래도, 지금은 너희 시대야.

준코와 데쓰히코가 등장한다. 녹스가 된 유를 만나기로 약속
한 것이다. 다리 건너에서 모리시게도 오고 있다.

가네다   (시계를 본다) 이제 곧 올 거예요. 죄송해요, 늦은
시간에.

준코   아니에요.

소이치는 준코에게 봉투를 건넨다. 준코는 그것을 데쓰히코에
게 건넨다.

소이치   (데쓰히코에게) 너 가져. 유 당첨권인데, 네 맘대
로 해.

준코   1년 안에 결정하면 되니까, 잘 생각해.

가네다 괜찮겠어?

소이치 괜찮아.

유, 레이코, 세이지가 온다. 레이코와 세이지는 다리 위에서
기다리고, 유는 소이치 앞으로 걸어온다.

소이치 몸은 괜찮아?

유 네. 괜찮아요. 아직 두통이 좀.

소이치 그래?

유는 소이치를 신기한 듯 쳐다본다.

소이치 기분은, 어때?

유 개운하다 그래야 하나? 그동안 고민했던 게 웃
 겨요.

소이치 아, 그래? 잘됐네.

유 네. 자유로워진 거 같아요. 몸도, 머리도. 10년 동
 안 더 많은 일을 했었어야 했다는 생각이 이제야
 들어요. 나 이제 공부도 하고, 우리 마을 같은 곳
 이 다시는 생기지 않게 뭔가 해보려고요. 여태 너
 무 시간 낭비만 하고 산 거 같아요.

준코 시간 낭비 아니야.

유 그래도, 결국 아무것도 안 한 거니까. 스스로 뭐

든 하는 게 중요하단 생각이 들어요. 돌이켜보면 신기해요, 왜 그렇게 못했을까요? 이대로 있으면 안 된다고 생각은 늘 했었는데. 그래서 앞으론 아빠나 아줌마 같은 사람들이 더 편하고, 건강하게 살 수 있게 만드는 데에 시간을 쓸 거예요. 우리 마을에 힘이 될래요. 이젠 할 수 있을 거 같아요. 역시, 이대론 안 돼요.

유의 말투에는, 전에는 느낄 수 없었던 힘과 명확함이 있다. 소이치는 눈물이 난다.

유　　　어머? 아빠 갑자기 왜 울어요?
소이치　아, 응. 하하, 왜 이러지? (울면서 웃는다)
유　　　뭐야, 왜 그래요?
소이치　(울면서) 아니, 하하, 기뻐서 그래, 너 다 컸구나. 하하.
유　　　뭐야. (웃는다)

소이치는 울며 주저앉는다.

유　　　못 말린다니까.
준코　　유, 고마워. 우리 만나러 와줘서 고마워. 이제 됐어, 오늘은 그만 가보는 게 좋겠어.

157

유   …네.

유는 다리 위에서 기다리는 레이코와 세이지 곁으로 간다. 세 사람은 퇴장한다.
준코는 소이치를 달래준다.

소이치   어어, 하하. 미안, 미안. 하하, 유 갔나? 갔구나….

사이.
가네다는 겉옷을 벗더니 소이치 앞에 무릎을 꿇는다.

가네다   미안해.
소이치   ….
가네다   정말 미안해.
소이치   왜 그래? (웃으며) 일어나.
가네다   미안해. 정말 미안해! 면목이 없어!
소이치   …난 괜찮아.

가네다는 몸을 일으킨다.

소이치   집에나 가. 곧 해 떠.

가네다는 재킷을 던져놓고 넥타이까지 풀고 신발을 벗더니 책상다리를 하고 앉는다.

소이치   뭐 하는 거야?

가네다   옆에 있어 줘. 여기서 해가 뜨는 걸 볼 거야.

소이치   (웃으며) 너 미쳤어?

가네다   너랑 같이 보는 아침 해를 내 인생의 마지막으로
         삼고 싶어.

소이치   (웃으며) 농담도 참.

가네다   태양을 등지고 살면 안 돼.

소이치   돼, 돼. 그만해. (웃으며) 이러는 거 민폐야.

가네다   소이치, 녹스는 질병이야.

소이치   …내가 처음부터 그랬잖아.

준코는 웃기 시작한다.

가네다는 땅에 대자로 눕는다.

소이치   난 간다. 얼른 집에 가, 제발 좀.

소이치와 준코는 퇴장한다. 가네다는 계속 누워 있다.

데쓰히코와 모리시게는 서로 얼굴을 본다. 데쓰히코는 봉투를

찢는다. 찢고 또 찢는다.

두 사람, 활짝 웃으며 서로에게 다가간다. 암전. 막.

태양

1판 1쇄 찍음 2021년 9월 10일
1판 1쇄 펴냄 2021년 9월 23일

지은이 마에카와 도모히로
옮긴이 이홍이
그림 김현정
펴낸이 안지미
편집 채미애
디자인 안지미
제작처 공간

펴낸곳 (주)알마
출판등록 2006년 6월 22일 제2013-000266호
주소 04056 서울시 마포구 신촌로4길 5-13, 3층
전화 02.324.3800 판매 02.324.7863 편집
전송 02.324.1144

전자우편 alma@almabook.com
페이스북 /almabooks
트위터 @alma_books
인스타그램 @alma_books

ISBN 979-11-5992-348-7 04800
ISBN 979-11-5992-244-2 (세트)

종이　표지_한솔 매직콜마 220g/㎡ 본문_그린라이트 100g/㎡

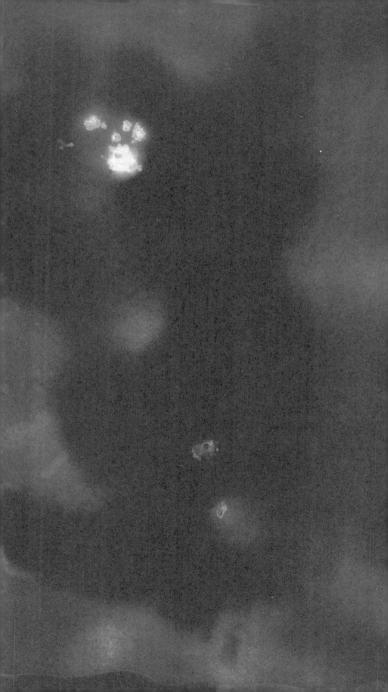